U0916065

多余的人

徐前进 著

REDUNDANT PERSON

SJPC
上海三联书店

手稿封面的纸签：

拿着这个稿子的人一定打开了装着这个稿子的油纸袋。默尔索一直将油纸袋放在身边，像照顾一个新生的婴儿。而在此刻，他已经死去。

每个人都应该热爱这个时代，热爱这个世界，哪怕他无法找到热爱这个时代、这个世界的方式，也要学着去热爱，因为只有这个时代是他的，只有这个世界是他的。

默尔索是这样做的，但他失败了，不知道怎么去热爱。他的失败要归咎于这个动荡的时代，归咎于这个动荡的世界。他曾经责怪过失控的战争，责怪过法国精神中的黑暗部分，也责怪过殖民主义的遗弃，但最后都放弃了。他甚至不想责怪那些具体的人，他们让他看到一个虚假的法国，一个正义被压倒的法国。

他觉得这是他的命运。他在这个时代出生，就应该接受这种命运，像每个法国人一样，背负着很多东西，说不清，也去不掉，只能负重前行，在某个时刻倒下，变成微弱的记忆，或者什么也留不下。

这个稿子应该出版，因为他是用自己的生命回答一个问题：在短短的三十年里，他的心里充满了温暖与热情，为什么看起来麻木不仁？

目录 / Contents

序言

局外人就是多余的人，在哪里都是多余的，什么时候都是多余的，对什么人来说都是多余的。他活着，就像死了一样。他说了很多话，却像一句话也没说。他在思考如何实践正义，累得满头白发，却被人当作傻瓜。

没有人想成为多余的人，但总有人成为多余的人。没有人愿意跟他说一句话，没有人愿意多看他一眼。他不愿意跟其他人说一句话，也不愿意看别人的眼睛。所以，他是沉默的，没话的时候沉默，有话的时候也沉默。别人觉得他应该沉默，不然他能说什么呢?

沉默的就是局外的，局外的就是多余的。实际上，他并不愿意沉默，因为他的心里有温暖，有热情，有正义。但他知道无论说什么，都会让自己变成多余的。

多余是一种感觉。没有人喜欢这种感觉，但总有人陷在其中。他不是自己跳进去的，而是被人推进去的，或者说有人编了一个网，然后将他推进去。

默尔索成了多余的人，而将他推进去的是那些愿意看到这个结果的人。在他们中间，没有一个人说出真相，甚至拒绝承认真相。他们确定他已经是多余的人，然后用艺术家的眼睛看着这一切，看着一个热情的人变得麻木，看着一个正义的人变得冷漠。他们知道多余的人是沉默的，即使他想说话，即使他说了很多话，但他们知道多余的人说什么都没用，也就不会有任何的道德负担。

在沉默中，他觉得自己失去了生命意义的合理性，也失去了道德意义的合理性。他觉得自己处处都是错的，想的一切是错的，做的一切是错的，偶尔的所得也是错的。既然一切都是错的，那么是不是什么都不想，什么都不做，就不会犯错？对于这个问题，他是不确定的。不确定意味着不知道对错，而不知道对错总比什么都是错的要好，于是他不再问对错。他喜欢未知的感觉、虚无的感觉，一种近乎无意义的感觉。

以前，他希望驱逐这种感觉，并想了两个办法。第一个办法是喝酒，他赚的钱几乎都买了酒，然后不顾一切地喝，没完没了地喝。只有喝醉，未知与虚无的感觉才会消失，一个极乐国才会出现。至少在喝醉的那一刻，他觉得自己飞起来了，身体很轻，无牵无挂。在一个寒冷的夜晚，他喝醉了，在路边的一个垃圾站旁边躺着，自言自语。他觉得每句话都有回音，也有深奥的意义。在那个时刻，他喜欢自己，喜欢自己的一切。在自我陶醉的时候，他睡着了，结果得了重感冒，之后又得了肺结核。这场病宣告了这个办法的失败。

第二个办法是离开阿尔及利亚，去法国。肺结核痊愈后，他感到庆幸。但多余的感觉再次出现的时候，这种庆幸消失了。他决定去法国。他是法国人的后代，尽管他没有见过父亲，但每当照镜子的时候，他确定自己是法国人的后代。他摸着自己的黄头发，看着深蓝色的眼睛，他说一句话，然后听着这句话的回音，有一点沙哑，那是法国人特有的沙哑。所以，他觉得法国是他的希望，既是唯一的希望，也是最后的希望。

初到法国的时候，他充满了希望，在孤儿院工作。三年后，他离开了孤儿院，重新回到街头。他觉得法国不再是他的希望，巴黎街头才是他的希望。这个希望是冰冷的，他满怀热情地拥抱它，但它像一个浸在水里的雕像，始终不回应。

在那个时刻，他觉得巴黎街头不再是他的希望。在那个时刻，他觉得法国的命运就是他的命运。他应该接受这样的命运，就像这个国家的很多人一样。

他背负着自己的命运，从法国回到阿尔及尔。之后，他不再拒绝自己是多余的人，并且接受了自己没有语言能力，没有道德能力，也没有理性能力。关于自由、平等与正义的问题，他以前还会问一问，但现在不再有任何想法。他最喜欢的是躺在床上，不想下床，不想穿衣，也不想洗脸。如果不是为了吃口饭，他会一直躺在床上，一动不动地躺在床上，懒得翻身，懒得眨眼睛。

为了活下去，他在阿尔及尔的法国人区找到了工作，但工作中的一切都是冰冷的，最后他也变成了冰冷的工具。他听到了很多话，这些话都是冰冷的，就像出自石头雕像的嘴。有时候，他还会说话，他的话同样像出自石头雕像的嘴。

他的妈妈去世了。得知这个消息之后，他是麻木的，不是因为他不爱妈妈，而是因为他不想接受这个结果。在那个时刻，他的思维近乎停滞。等到他知道发生了什么，也就知道要接受什么。最初，他有些难过，然后非常难过，因为他热爱妈妈，并且因为了解这个女人的一切而更加热爱。但她已经死了，没有临别遗言，没有最后的拥抱。他觉得呼吸困难，像被人堵住了嘴。他看起来平静，但眼泪奔涌而出，从冰凉的脸上滑落。后来，有人说他麻木不仁，像冷血动物，他懒得争辩。无论是作为多余的人，还是作为历史命运的承担者，他都懒得争辩。

面对爱情的时候，他还是这个样子，明明活着，却像死了。他想激起对于爱的想象，对于爱的迷恋，对于爱的诱惑，但一切都是徒劳。有人说他懒惰，有人说他僵硬，有人说他麻木，有人说他是粪渣……对于这些指责，他懒得争辩，因为他失去了爱的能力，也失去了被爱的能力。

当他掏出枪，对着那个人开了一枪、两枪、三枪、四枪、五枪的时候，他仍然陷在这种感觉中。他甚至没有觉得是对着一个人开枪，或者说对着一个人开枪与对着一堵墙开枪没有区别。他看着那个人在地上死去，没有任何感觉，既不恐惧，也不悔恨。对于死亡，他已经没有任何感觉，因为他失去了情感，失去了道德，失去了理性，他的因果关系已经解体。

法庭审判像一部与他无关的电影，他坐在被审判席上，就像坐在那里看电影。有时候，他觉得这部电影与自己有关，因为是他主演的，有时候又觉得与自己无关，因为他什么都不想。有时候，他希望电影进展得快一些，有时候希望电影倒回去，因为他分神了，错过了一个情节。

“以法国人民之名，在一个公共广场斩首示众。”

听到这个判决的时候，他接受了一切。他没有能力拒绝，也没有能力改变，唯一能做的是顺着一条未知的路，走向虚无，或者死亡。

一

我的妈妈

我很小的时候，记得妈妈说过一句话，“我们是被遗弃的人”。

她是一个普通女人，在法国出生，跟随父母迁徙到阿尔及利亚。她的父亲，也就是我的外祖父，生前担任法国驻阿尔及尔监督员。

法国人知道自己的弱点，思想活跃，有伟大的理想，但经常说一套做一套，有时候失败了也不知道原因，更不知道如何去弥补。这个弱点几乎主导了法国现代历史，几乎人人知道，但至于如何避免，并不是人人知道。在阿尔及利亚的管理上，法国人想了很多办法，其中一个是派驻监督员。

我的外祖父被派驻到阿尔及尔，主要职责是监督在阿尔及尔工作的法国人。他是正直的人，至少根据外祖母的话，他是正直的人。但在法国人的眼里，正直的人很容易成为孤独的人。如果他有深奥的思想，还会成为浪漫派，在理想与现实之间越陷越深，不知所措。浪漫派几乎是法国人的精神标记，这是德国人和英国人无法理解的。

我的外祖父没有成为浪漫派，因为他在一场交通事故中死了。

据说他坐的汽车在高速行驶的时候，右前轮子掉了，汽车坠落悬崖。车上有三个人，没有一个人活下来。那时候，这种情况经常出现，所以没有人怀疑这场事故。但对于一个家庭来说，这是难以弥补的损失。不久之后，外祖母搬到了阿尔及尔的贫民区。

两年后，妈妈结婚了，与一个来自法国的青年，确切地说，是一个在巴黎孤儿院里长大的青年。我不知道他长得什么样，因为我没有见过他。他的内心是安静的还是浮躁的，他的行为是优雅的还是粗俗的，我都不知道。

战争开始后，他参加了阿尔及利亚兵团，赴法国作战。妈妈收到了他的三封信。在第一封信里，他简单说明了抵达法国后的情况，像旅行一样有趣。在第二封信里，他说明了抵达马恩河战场的情况，内容不再有趣，有一种不确定的压抑感，他想活着，却不知道死神会不会来，他没见过死神，却知道一定没有力量阻挡死神。第三封信只有三句话：昨天下了一天雨，很冷，邮差到了，顺便写封信，告诉你我还活着。

妈妈还在期盼第四封信。她的确收到了第四封信，我父亲的阵亡书。这是一个彻底的结束，没有人来解释，没有人来安慰，我的父亲从此消失了。

三岁之前，这个世界对我而言都是空白。三岁多的时候，我才记得一些事，例如我有一个严厉得近乎苛刻的外祖母。她总在催促妈妈，有时候让她干家务，有时候让她出去挣钱，有时候让她永远离开，带着我永远离开，不要再回来。

夜晚的时候，妈妈经常在油灯下补衣服。我在旁边，看着她的眼睛。她的眼睛很明亮，有时候会流泪，泪水被灯光照亮。她反应很快，在泪水滴落之前就擦掉了。那时候，我觉得我很孤单，也觉得妈妈很孤单。然后，妈妈跟我说了那句话，“我们是被遗弃的人”。

妈妈白天出去工作，我和外祖母在家里。妈妈在家的时候，外祖母很严肃，没一句好话。妈妈出去后，外祖母会缓和下来，至少我不犯错的时候不会指责我。实际上，她很少说话，几乎整日闭着嘴。但家里太穷了，只有粗面粉，外祖母喜欢做面包，或者说从来都做面包。她会将第一个烤好的给我吃，如果烤得有点煳，她会将煳的地方去掉，然后给我吃。

妈妈经常换工作，几乎都是为阿尔及尔的法国人打工。工资不高，却是这群被遗弃的人的生活来源。有时候，她去饭馆洗碗，不过半年就会离开。刚找到这个工作的时候，她还有点兴奋，或者说幻想，总以为找到了一个好老板，但不到一个月，就发现这个老板与之前的老板几乎一样。如果说有点不一样的地方，那应该是这个老板的表情能力和语言能力更好，为她编织了一个不再挨饿的梦。当老板的手掏向钱袋子的时候，她发现他更吝啬。但除了离开，她又能怎么样?

总之，妈妈不断地换工作，干得最长的是在一家裁缝店，专门为阿尔及尔的法国人定制服装，有普通款式，也有高档款式。最初，她为普通款式钉扣子，之后用缝纫机锁边。无论如何，我觉得她去工作的时候，是愉悦的，回来的时候有微弱的收获感。

我最愿意和妈妈在一起。每当她回来，我就跟在她身边，寸步不离。有一次，在油灯下，她为我补裤子。我只有一条裤子，不知道是哪里来的，裤腿有些短，所以不能提得太高，否则脚踝会露在外面。她向裁缝店老板要了点相同颜色的布，将裤子接长。在油灯下，她将布片整理好，用剪刀修边，然后松开裤脚的线，将布片接在上面，锁好边。

夜深了，外祖母在隔壁的屋子里睡去。但我越来越精神，因为我喜欢看妈妈的手，那么灵巧，像表演魔术。休息的时候，她会抬起头看看我，或者摸一摸我的头，微微地笑一笑。我问她我们是被遗弃的人，这句话是什么意思？

妈妈想了一会儿，在回答之前又抬头看了我一眼："简单一点说，就是没人关心我们，我们要靠自己活下去。复杂一点说，就是我们是法国人，总想回到法国，或者将法国想得很好，但法国离我们很远。即使回到法国，法国也离我们很远。那里的人会觉得我们跟他们不一样。如果让他们说出哪里不一样，他们又说不出来，但他们还是觉得我们不一样。所以，我们就像生活在一个谜里。我们想得到一些东西，这些东西也的确是我们应该得到的，却总是得不到。没有人告诉我们原因，也没有人在乎这个问题。所以，我们会有一种被遗弃的感觉。"

一年后，妈妈不得不换工作，因为裁缝店老板卖掉裁缝店，回法国了。这件事对妈妈触动很大，她一直想回法国，却下不了决心，或是不知道怎么办。

一个月后，她找到了新工作，在一个书店里打扫卫生。那段时间，她看起来是庄重的，好像在思考重要的问题。有时候，我觉得她是为了避免与外祖母的冲突，但有时候，我觉得她的确在思考重要的问题。

每隔一段时间，书店会处理破损书，妈妈会带一些回来。其中，我最喜欢两本，一本是卢梭的《爱弥儿》，只有一册，一本是《拿破仑日记》，看起来皱巴巴的，但我读了一遍又一遍。

一天晚饭后，妈妈陪着我看《爱弥儿》，读到了其中的一句："人们只想到怎样保护他们的孩子，这是不够的，应该教他成人后怎样保护他自己，教他经受住命运的打击，教他不要把豪华和贫困看在眼里，教他在必要的时候，在冰岛的冰天雪地里或者马耳他岛的灼热岩石上也能生活。"

我问妈妈，我们是被遗弃的人，那你感到孤单吗？

妈妈摸了摸我的头，她说很孤单，但不能沉浸在孤单里。在这个世界上，不只我们感到孤单，很多人都感到孤单。人都是有感觉的，但不能靠感觉活着。有的感觉让我们愉悦，有的感觉让我们难过，但这仅仅是感觉，如果不想，这种感觉就不会缠着我们。

我问她，所有的法国人都这样想吗？

她说有时候她觉得法国人是这个世界上最孤单的人。你看看卢梭是不是很孤单，他有自己的孩子，但把他们都送进了孤儿院。他一定希望与自己的孩子出去散步，但他只能一个人走来走去，你说他是不是很孤单？

我点了点头。

她说她又觉得卢梭将孤单变成了一种力量，让他不停地想，不停地写。所以，我们是被遗弃的人，这句话还没有说完，如果要补充，下一句应该是"被遗弃的人更接近真理"。法国有很多被遗弃的人，既包括那些生活在艰苦中的，也包括那些看起来有雄心壮志的，例如拿破仑，他是科西嘉人，在法国总是受到孤立，被人遗弃。

我有些不解，拿破仑怎么会被遗弃呢？他那么厉害，总是打胜仗。

她说这是小孩子的观点，大人可不这样认为，至少她不这样认为。

之后，她翻开《拿破仑日记》，让我看一句话："我的权力皆由我的名誉而来，我的名誉则来自我的屡战屡胜。如果我不再拥有光荣，不再打更多的胜仗，维持权力的基础就会崩塌。征服和胜利让我拥有今天的地位，也唯有征服和胜利能保全这个地位。"

我七岁多的时候，外祖母经常生病。我在家里也待烦了，妈妈决定送我上学。

附近有一个专门为法国人开的学校，妈妈在书店工作时认识了那里的老师。他经常到书店买书，看着妈妈忙来忙去。有一天，妈妈问他我是否能去上学，一个男孩子整天待在家里，不是好事。他同意了。在那个学校里，他不是校长，但有录取学生的权力。妈妈非常高兴，甚至向他承诺可以交双倍学费。

之后的一个多月，妈妈给我准备了很多东西，包括她自己缝的书包、她自己缝的衣服、一双省吃俭用买的布鞋，还有一个装了三支铅笔和一块橡皮的小盒子。她里里外外地忙碌，脸上的落寞与孤单不见了。

开学前一天晚上，妈妈告诉我要认真读书，因为对于一个被遗弃的人，读书意味着新生。

对于即将开始的学习，我没有任何概念，但对于父亲的情况，我想问问妈妈。很早以前，我就想问问，有些孩子有父亲，我为什么没有？如果我有父亲，他去哪里了？他什么时候回来？

妈妈沉默不语，然后从箱子里取出一个信封。她看起来很严肃，不是源于失望的严肃，而是源于期待的严肃。她不知道如何向我说明这个问题，也不知道未来会发生什么。她打开信封，从里面取出一张相片。那是一张孤儿院的合影，三排孩子，前排中间有四个老师。我认真地看，从这群孩子中寻找看起来像我父亲的那个，他略带微笑，看着我，有些拘谨，有些迷惑。

她说这个人就是我的父亲。我刚来到这个世界不久，他就离开了这个世界，是在战场上死去的。上战场前，他说一定会平安地回来。他还说他不会直接走进屋里，而是站在门前的那棵树下，等着我跑过去，扑到他怀里。

她说战争打乱了这个世界，毁了很多人的生活，包括我们的生活。

接下来，妈妈沉默了，她在流泪。

我也很难过，一种无法形容的难过。我的心里就像缺了一个角，什么都无法弥补。这个角又不是空白的，我看到那张照片之后，父亲走到那里。我知道父亲走到了那里，我想和他说话，但他是沉默的，而且总是背对着我。

她擦干了眼泪，抚摸着我的头。

她说我的父亲离开了我，但不是遗弃了我。

她说我们生活得很辛苦，有时候她会难过，也会怨恨，但又能怨恨谁呢？

她说周围有很多孩子，他们也失去了父亲，他们又能怨恨谁呢？

她说有时候她觉得这是这个时代的命运，她希望这个时代尽快结束，但谁又知道这个时代什么时候结束?

她说我们是普通人，但时代的厄运经常降临到普通人身上。我们知道那是厄运，也想躲避它，但厄运不会因为我们躲避就远离我们。相反，它会在我们睡觉的时候来到我们身边，缠着我们。它会在我们吃饭的时候来到我们身边，跳进我们的碗里。它甚至会在我们开怀大笑的时候，钻进我们的嘴里。谁都不知道它什么时候降临，但一旦降临，谁都无法摆脱，只能沿着它的路往前走。

之后，她将照片收起来，不再难过，而是有些高兴。

她说有一天我会长大，她觉得我跟我的父亲长得一样，说话的神情也一样。

她说我一定会和我的父亲长得一样，因为她了解我，也了解我的父亲。

她说每天晚上都会醒好几次，为我盖被子，然后看着我的脸。每当看着我的脸，她就像看着我的父亲。

妈妈说话的时候，我一句也没有说，实际上是一句也不想说。我安静地听着，听着她的困惑，听着她的难过，听着她的希望。我在感受着心中那个角落的动静，我确定我的父亲在那里，背对着我，等着我一天天长大。

二

求学时光

上学的那天早晨，阳光明媚。妈妈起得特别早，可能是四点或五点，也可能更早。当时我没有多想，但现在想一想，她可能一夜没睡，因为每当遇到这种事，她会失眠。有时候，她会自责，却没有什么好办法。在我长大之前，她独自面对这个世界。等我长大之后，她仍然独自面对这个世界。

我知道每个孩子都要上学，但这个时刻到来的时候，我有些不情愿。妈妈烤了一点面包，外祖母一份，自己一份，还有我一份。我不想吃，只喝了点牛奶。妈妈没有催促，她可能知道我在想什么。

我背着妈妈缝的淡蓝色书包，跟着她，不情愿地走着。里面的铅笔偶尔碰到一起，发出一点清脆又愚钝的声音。

半小时后，我们站在小学校门前。那个时刻，我想回去，因为我不知道那道围墙里会发生什么。

妈妈蹲下来，看着我的眼睛，告诉我不要害怕，因为害怕没有用，要敢于开启新的尝试，哪怕这种尝试让我觉得不舒服，但不舒服也是一种经历。这样的经历经常出现，尤其是对于普通人，没有选择，只能面对。

这时候，一个男孩走过来，看了我一眼，然后推开门，走进去。

透过门缝，我看到里面有两排低矮的房子，房子前有堆沙子，映着早晨的阳光。这堆沙子让我有一种喜悦感。小时候，我经常去地中海边，在沙滩上玩，一玩就是一天，不吃也不喝。我有一个木头把的小铲子，是附近的阿拉伯老铁匠送给我的，他看我十分可爱，又十分无助，所以给我这个礼物。

之后，妈妈或外祖母经常带我去地中海边，我就在那里玩沙子。在那片抬头就能看到深蓝色海的地方，我挖过很深的地洞，垒过很高的沙堡，也画过很大的画。每当累了，我就躺在沙滩上，握着一把磨得亮光光的小铲子，看着蓝色的天，感受着身体下的沙子，然后闭上眼睛。在那个时刻，我什么都不想，只觉得阳光照在脸上，眼前通红一片。我这样睡了好多次，所以对沙子有了感情。我不知道如果我的父亲还在，他会不会给我这种感觉。但每当想起这种感觉，我会觉得父亲就在我身边。

当我从门缝里看到那堆从海边运来的沙子后，我决定走进去。

小学校里有两排房子，第一排本来有两个教室，中间的墙被打掉了，变成一个大教室。第二排本来也是教室，东侧是老师办公区，西侧改成宿舍，里面住了好多个孩子，几乎都是没有父亲、没有母亲，或没有家的孩子。

我走进教室，里面有很大的孩子，也有很小的孩子。大孩子在东侧，小孩子在西侧，而我不大不小，我觉得应该坐在中间。

这是一个混合教室，所有孩子一起上课，因为只有两个老师，其中一个是妈妈认识的那个人，亚当，教授法文。另一个教授数学，最初他来过几次，之后就不来了，所以亚当还要教数学。只有一个人会帮助他，也就是督学，但做饭的时候，他是厨师。

我坐在中间靠后的位置，因为那里有安全感。我说不清楚这种感觉是哪里来的，却十分依赖这种感觉。

东侧的大孩子在扔纸团。那个纸团已经扔了无数次，看起来黑乎乎的、软绵绵的，无数次摔到孩子的脸上、头上。突然，它被一个男孩子踩在地上，又碾了好几次。然后，他们开始摔跤，看起来很有力量，身体倒在地上，尘土飞扬。

西侧有八个小孩子，十分安静，眼神里好像有期待，又好像什么也没有。他们扭过头，看着摔跤的大孩子，对于尘土飞扬的场景一点也不吃惊。

这时候，一个不高也不矮的孩子走进来，走到我旁边，好奇地看着我，什么也没说。之后，他放下书包，跑向黑板，拿起白粉笔，乱涂乱画。他画了一匹马，又画了一栋歪歪扭扭的房子，还有几棵横七竖八的树。

亚当来了，快步地走进来，右手抱着一个老旧的文件夹，左手拿着一本崭新的书。对于教室里的混乱，他好像已经习以为常。这些孩子看到他后，瞬间变得安静。那个在黑板上画画的孩子来不及擦掉他的画，就跑回自己的座位。亚当没有责怪他，而是拿起一块布，擦掉了他的画。

后来，我知道亚当为什么对这些顽皮的孩子宽容，因为他们背负着历史的重担，或者说背负着法国历史的重担。多数孩子失去了父亲，其中一些甚至没有见过自己的父亲。他们的父亲在战争里死去了，在凡尔登战场，在索姆河战场，在马恩河战场，在加里波利战场，或在阿尔萨斯的森林里……亚当也上过战场，不过他活着回来了。

但对于另一个问题，我一直不清楚：他为什么不去法国？作为一个勇敢的法国人回到法国，作为一个闪耀着荣誉的法国人回到法国，也就是回到他的家乡？

亚当低着头，站在讲台的桌子后面，先是查找文件夹，然后翻阅新书。那张桌子太旧了，四条腿之前一定脱落过，所以用绳子捆着。他将文件夹放到桌子上的时候，我担心桌子会被压垮。之后，他抬起头，首先看了看左边最小的孩子，然后看了看右边最大的孩子，最后看了看中间的孩子：

“我向你们介绍两个新成员，一个是安东尼，在低年级学习，另一个是默尔索，在中年级学习。我们向他们表达最真诚的欢迎。”

一瞬间，整个教室都是热烈的掌声。我有些害羞，低着头站起来。我觉得安东尼也是，他也低着头站起来。他个头很小，坐着与站着几乎一样高。等到欢迎的声音结束，亚当开始讲课：

“今天上午是法文课，首先是三个年级一起上课，然后各个年级上课，一个年级上课的时候，其他年级抄写课文。低年级抄写《民法典》，接着上一节课抄写，中年级抄写《蒙田随笔集》第一部分，高年级抄写托克维尔的《旧制度与大革命》。”

之后，亚当拿起那本新书：

“我向你们介绍一个人，一个有传奇色彩的法国人，拉伯雷，还有他的《巨人传》。为什么向你们介绍拉伯雷？”

所有学生低下了头，唯恐不够低。这是我的第一节课，还没有学会像那些孩子一样将头缩进课桌底下，所以我看到了他们的样子。我不知道这是为什么，但我知道我不敢回答。我可能知道答案，但我没有勇气。我觉得这些孩子也一样，我们喜欢一个人待着，一个人看看天，一个人看看地，一个人听听风，一个人听听鸟叫。总之，一个人的时候，我们觉得自由自在。但在很多人的地方，我们会害羞，会胆怯，会不知所措。

亚当没有为难我们。他翻开《巨人传》第一页，然后为我们讲解：

“拉伯雷是现代法国精神复活的标志，他说过最有名的话是‘想做什么，就做什么’。在我们的时代，这句话听起来不稀奇。但在他的时代，这句话是稀奇的，几乎没有人敢这样想，更没有人这样做。在上帝的时代，在国王的时代，普通人哪敢这样想，哪敢这样做？但拉伯雷是这样想的，也是这样做的，他的目的不是为所欲为，而是期待一个理想的社会。这个理想社会应该是自由的人组成的，而不是委屈的人组成的，或自卑的人组成的，更不是胆怯的人组成的。”

讲到这里，亚当取了一支粉笔，在黑板上写下三个名字：格朗古杰、高康大、庞大固埃。他写得很慢，字体工整，非常优美，像一幅画：

“他们是《巨人传》里的三个巨人，格朗古杰是爷爷，高康大是父亲，庞大固埃是儿子。他们是祖孙三代，所以有共同的特点，能吃能喝，简直超出我们的想象。一场战斗后，格朗古杰吃晚餐，食物特别多，16 头牛、3 只幼鹿、32 只牛犊、63 只乳羊羔、

95只山羊，300只仔猪，烤熟后加上可口的佐料；220只沙鸡、700只田鹬、400只阉鸡、1700只肥鸡、6000只仔鸡、6000只鸽子、600只松鸡、1400只兔子、303只鸨和1700只小沙鸡。还有很多野味，11只野猪、18只猛兽、140只野鸡，几打野鸽子、河禽、小水鸭、麻鸭、麻鹬、千鸟、河沙鸡、海雁、海鸭、凤头麦鸡、大小野鹅，以及竖毛白鹭、仙鹤、草原鸨、红羽火烈鸟、红颈鸟、雌火鸡。吃完之后，格朗古杰还要喝很多汤……”

听到这里，我们禁不住大笑。这是开心的笑，也是很少出现的笑，因为我们平时几乎都板着脸。我们的脸像被一种看不见的力量控制，想笑的时候笑不出来，想哭的时候哭不出来。可是，听到拉伯雷的话，我们想笑，然后笑了出来，而且是无所顾忌地笑。

亚当站在讲台上，放下《巨人传》，安静地看着我们，等着我们笑够。这个场景仿佛是他期待的，所以他看起来很享受，就像看着一个努力了很久才出现的结果一样：

“在《巨人传》里，这样的话还有很多，我相信每句话都会让你们开怀大笑。在这个时代，在每个人等待审判的时代，而且是一种未知的审判、离奇的审判、不正义的审判，谁能开怀大笑呢？开怀大笑是值得珍惜的乐观，让我们敢于面对真实的困难，所以是这个时代最珍贵的东西。以后，我会给你们读很多这样的话，让你们笑够，然后从放肆的笑里获得面对困难的力量。这种力量到底是什么？来自哪里？我觉得这种力量是拉伯雷自己创造的，他遇到了很多困难，仍然在笑，不但自己笑，也让我们笑。你们现在还小，等你们长大后会发现一个道理。有些人是纯粹的、真诚的、勇敢的，心中有伟大的理想，愿意为人类的命运努力，但他们会遇到很多困难。这些困难是那些不纯粹、不真诚、不勇敢的人制造的，因为他们没有伟大的理想。他们也可能向往伟大的理想，却会阻止其他人有伟大的理想，明里暗里制造困难，指责他们沉默不语，指责他们恃才傲物，指责他们麻木不仁。拉伯雷遇到了这样的困难。为了躲避困难，他四处流浪，带着脏脏的大帽子，穿着脏脏的旧衣服，四处流浪。每到一个地方，他都给那里的人带来快乐，所以无论去哪里都受欢迎。有人说他是宙斯的使者，有人说他是优美精神的象征。实际上，他的心里有很多苦恼，但他有力量驱赶苦恼，然后仰起头，哈哈大笑。拉伯雷的生命暗示了法国精神的问题，但我们不能仅仅指责这些问题，因为这些问题让我们深刻，让我们乐观。从小生活在幸福中的人是不深刻的，他们可能是乐观的，但那是迷失自我的乐观。他们每天都高兴，有一天却发现自己掉到泥坑里，再也出不来了。一个人经历了足够多的苦恼，他的乐观才有力量，也没有什么能诱惑他走向虚无。你们可能还不理解什么是虚无，但以后会理解，也就是不知道自己是谁，不知道为什么活着，不知道走路是为了什么，喝水是为了什么，睡觉是为了什么，总之，自己的一切会失去意义，这个世界的一切也会失去意义。一个陷入虚无的人每天看到了很多，听到了很多，想到了很多，但他觉得这一切都没有意义，他甚至讨厌这一切。所以，他不想看到，不想听到，也不想思考。他鼓起勇气这样做，什么都不看，什么都不听，什么都不想。他真的做到了。可是，他发现这个样子还是他厌恶的。他厌恶虚无，厌恶没有意义，厌恶没有存在感，他想走回老路，但他知道老路上的一切也是他厌恶的，因为这是一条断头路，没有未来。但拉伯雷不一样，他在这个世界上孤独地走着，没有遇到断头路。实际上，他遇到很多断头路，但都走了过去，因为他是乐观的。在他的眼里，断头路也是路，没有方向就是方向，没有目的就是目的。”

所有孩子安静地听着，我也一样。有些道理我不能理解，但我丝毫不厌倦，也没有无聊。在这个时刻，我知道了一个道理：真正有价值的东西会让人兴致盎然，哪怕他不理解，却知道这是有价值的。

亚当从我们的眼里看到了他希望看到的，所以继续讲下去：

“我们要向拉伯雷学习乐观精神，一种混沌中的乐观精神。一个人不知道过去是什么样的，不知道现在什么样，不知道未来什么样，但他并不会为此迷惑。相反，他觉得一切都可以接受，也应该接受，无论是已经发生的，正在发生的，还是即将发生的。拉伯雷的时代是摇晃的，就像地震一样，一切都在摇晃，每个人都在摇晃，他们手里的食物也在摇晃，就像我们这个时代一样。你们还小，尤其是左边的孩子，你们太小了，还不理解这个道理。但现在不理解，并不意味着以后不理解，而且越早地理解这个道理，你们就越能理解这个时代，也就知道自己在这个时代应该做什么。我们是法国人，一定热爱法国，梦想着有一天回到法国，带着荣耀，付出自己应该付出的，得到自己应该得到的。但我要告诉你们的是，身处法国的人也经历着这种摇晃，有时候比我们摇晃得还厉害，他们手里的食物还会掉到地上。在摇晃中，他们根本无法捡起来，只能跟着摇晃，将摇晃当作食物，将摇晃当作寄托，将摇晃当作信仰。我们热爱法国，所以知道属于法国的荣耀为什么迟迟不来。有些人觉得自己活在荣耀中，却失去了自我，因为这种荣耀是假的。如果他们有一点常识，就会在这个摇晃的时代发现一些他们不愿意承认的东西。我们不喜欢英国人，因为英国人言不由衷，到处散播自由，自由权利、自由贸易，却用他们的自由伤害法国。但我们不得不承认，英国人的确做得很好，不断地抢夺法国的土地，所以我们失去了很多土地。这又不能怪英国人，因为我们的确没有力量，既不能保护这些土地，也不能保护这些土地上的法国人。但我们仍然热爱法国，这是迫不得已的选择，不然我们又能热爱什么呢？”

之后，亚当为低年级学生辅导功课，要求他们注意书写，既要正确地书写，又要优美地书写，因为正确能传达自己的意思，而优美能更好地传达自己的意思。他站在安东尼身边，告诉他如何适应这里的生活：

“安东尼先生，欢迎你来这里。这里距离法国很远，又距离法国很近，因为我们能在这里感受到法国的精神。这是你第一天来上课，以后会遇到很多困难，例如有些词总是记不住，有些句子总是不会写，即使知道很多词，但仍然不能表达自己的意思。这时候，你不要灰心，也不要难过。你要感谢困难，因为困难会为你展开真相，让你不再糊里糊涂。如果没有经历很多困难，你会静止不动，看起来呆板、僵冷、僵硬。我们不希望跟这样的人一起生活，所以我们不能变成这样的人。安逸会让我们变成这样的人，而困难不会让我们变成这样的人。”

亚当检查了中年级的写作，为他们指出错误。一个句子可以这样写，也可以那样写，一个意思可以用一个长句子表达，也可以用几个短句子表达。

亚当走到我的旁边，俯下身，用之前对安东尼说话的语气表达欢迎：

“默尔索先生，欢迎你来这里。这里距离法国很远，又距离法国很近，因为我们能在这里感受到法国的精神。我见过你的妈妈，她是一个优雅的人。在这个时代，每个人活得都不容易，你的妈妈却那么优雅。我听说你喜欢阅读，所以你会在这里得到你想得到的。当然，我不否认你也会得到自己不想得到的。对于这种情况，谁又能够拒绝呢？这是你第一天来上课，像每个在这里学习的孩子一样，以后也会遇到很多困难，有时候不知道自己为什么活着，有时候不知道自己为什么不高兴，有时候不知道自己是否还要来这里，等等。这些想法出现的时候，你要赶走它们，就像赶走让我们厌烦的不速之客一样，意志坚决、毫不留情地赶走它们，别让糟糕的感觉搅乱我们的心灵。之后，你会发现一个纯粹的自己，一个自己热爱的自己，一个自己欣赏的自己。哪怕遇到的困难再大，你也会热爱这个自己，欣赏这个自己。如果你想知道活着的意义，我告诉你一个答案，热爱自己，热爱自己的一切，既包括自己喜欢的一切，也包括自己迷惑的一切。只有热爱自己，才能热爱与自己有关的一切。”

亚当走到刚才在黑板上画画的学生面前：

“这一次画得不错，回家练习了吗？有时候，我们用文字表达思想，但这不是唯一的方法，因为线条也能表达思想，而且更直接，更清晰。照相机的确冲击了画家的工作，但不能取代画家，因为照相机是复现，原原本本地复现，而画画是创作，是有思想的创作，每个线条都有思想，每个轮廓都有思想，而照相机没有这种能力，它像鹦鹉，吃饱的时候才愿意呆板地模仿。”

之后，亚当从后向前，走到高年级那里。最前面的两个学生刚才摔过跤，头发凌乱，衣服上有很多灰尘，看起来狼狈不堪：

“你们又摔跤了？注意要公平竞争，不能使用恶心的手段。我想你们一定热爱摔跤，小时候这样，长大后也会这样，但长大后的摔跤有时候不用身体，而是用精神。我们可以说这是一种精神摔跤。身体摔跤要公平一些，我们都能看到，摔跤的人也知道谁作弊了。但精神摔跤是不可见的，从开始就不可见，所以谁都不知道谁用了恶心的手段。更加不公平的是，你们在不知道的时候，对手已经与你们摔跤，而且用了恶心的手段。你们可能会困惑，那个人明明对着你们笑，看起来温暖、优雅、高贵，为什么要与你们摔跤？但他的确在与你们摔跤，而且用了恶心的手段，让你们难过，让你们失望，让你们困惑。等你们反应过来，已经失去了机会。这些机会虽然不能让你们获得胜利，却能让你们感到公平。但你们失去了机会，所以觉得受到了不公平的待遇。对于这种不公平，你们说不出来，只能独自忍受，因为没人知道你们在摔跤，也没人在意你们在摔跤，更没人在意是否公平。精神摔跤是隐秘的较量，你们就像走入了一片遍布阴谋的荆棘丛，其中的不公平打击了你们的精神，打击了你们的良知。你们要怎么办？是不是向他们学习，用阴暗的手段？你们可能要退出，不与这些人纠缠，但他们不会放过你们。唯一的原因是你们出现在他们面前，而他们从来不会放过任何一个出现在他们面前的人。这是他们的追求。如果是这种情况，你们又要怎么办？其实我也不知道。即使我遇到这种情况，我也不知道怎么办。但我拒绝失败，这一点是明确的，即使无法获得光荣的胜利，也不接受屈辱的失败。”

两个孩子目瞪口呆，不知道如何回答。

亚当走到另一个学生那里，看他的写作情况。这个学生很努力，近乎发狂，为了读书，有时候忘了吃饭，有时候一边读书一边吃饭，结果咬到了勺子，左侧犬齿差点掉落。亚当知道这一切，所以跟他说话的时候，像对着一个幽默说话，当然是温暖的幽默，让人充满希望的幽默。

亚当没有告诉他要专一读书，也没有提示他知识不要学杂了。亚当认同他的努力，但告诉他要发现属于自己的问题：

“你可以热爱笛卡尔，但不能沉浸在笛卡尔的思想中；你可以热爱雨果，但不能沉浸在雨果的思想中。总之，你不能沉浸在任何一个人的思想中。这些伟大的人让你有精神寄托，甚至有信仰的愿望，但你要从这个愿望中走出来，一直向前走，直到发现自己，发现自己在哪里，发现自己喜欢什么，发现自己能做什么。”

休息时间到了，孩子们冲出教室，跑到沙堆里，躺着、趴着、坐着，在明亮的阳光里。他们与我一样，背负着战争的创伤，背负着法国征服世界的梦想破灭后的创伤。我们都是一样的人，即使有争斗，谁也不会排挤谁，谁也不会瞧不起谁。但我也承认，谁都不能让谁真正地高兴起来，因为我们心里没有高兴的源头，甚至没有承受高兴的能力。

在之后的课堂上，亚当陆陆续续介绍了很多法国人。我慢慢知道了他的目的，也理解了他的目的。他要让我们活下去，如果有可能，让我们高兴地活下去。但他的愿望对于我们到底有什么影响，他的力量是否足以取代家的温暖，足以取代父亲的力量，足以驱散时代阴霾，让这些孩子高兴地活着？对于这些问题，我是不确定的。至少对我而言，我理解他，尊敬他，但有时候我觉得无法实现他的愿望。

大概一个月后，亚当带来一本新书，我隐隐约约地看清了书的名字：《哥拉·布勒尼翁》。他没有直接介绍这本书，而是让我们猜一猜这句话是谁说的：

“世界上只有一种真正的英雄主义，就是认清生活的真相后，依然热爱生活。”

我们觉得这句话很好，其中有一种无法表达的力量，或者说是一种断裂感，可是断裂之后没有破碎，而是走向新生。尽管如此，没有一个孩子回答这个问题，我也是，我们之前没有听过这句话。

亚当一点也不惊奇，相反他有些得意，然后又读了一句话：

“珍重新生的每一天。不要想一年后、十年后的事，想今天吧，不要空谈理论，想想自己的手能做什么。一切理论，即使是谈道德的，也不一定是好东西，相反可能是愚蠢的、有害的。不要勉强地生活，不要虚幻地生活，今天就要好好活着，真实地活着，具体地活着，珍惜每一天，热爱每一天，尊重每一天，不要糟蹋每一天，要热爱今天这样的日子。”

我们觉得这句话还是很好，但仍然不知道是谁说的。

亚当抬起头，看着我们，同样不惊奇，眼睛里还是有些得意。在得意中，他又读了一句话：

“你失掉的东西越多，你越富有，因为心灵会创造出你缺少的东西。”

之后，亚当举起手里的书，我们看到了一个陌生的名字：

“这是昨天我从书店里买到的，罗曼·罗兰的《哥拉·布勒尼翁》。罗曼·罗兰是我十分喜欢的法国人。前些年，我去法国参战的时候，路过勃艮第，正巧军队整修，我请假去了克拉姆西，那是罗曼·罗兰出生的地方。我为什么喜欢他呢？因为他在困难中寻找希望。他遇到的困难不是个体的困难，而是时代的困难，是法国的困难，或者说是欧洲的困难。法国人和欧洲人无法克服这个困难，于是他们想到了战争。战争是解决困难的最后方式，我们对此习以为常。但战争也会制造新的困难，我们对此也习以为常。所以，我们生活在动荡里，几乎每代人都如此。罗曼·罗兰意识到新的战争即将开始，所以写了一部英雄主义作品——《约翰·克利斯朵夫》。他之所以这样写，是因为英雄人格能避免战争，英雄人格能给那些被战争蛊惑的人带去希望。我们的历史没有因为罗曼·罗兰而改变，但他的想法是对的。在史无前例的战争面前，他只能妥协，却没有彻底放弃，所以又写了一部作品，也就是我手里的《哥拉·布勒尼翁》。这个时代太糟糕了，每个人活得很紧张，不知道如何面对这个糟糕的时代，也不知道明天会不会更好。所以，他写了这部作品，为这个看起来阴暗至极的时代增加一点幽默。”

亚当翻开书，读了一段：

“你们听一听罗曼·罗兰是多么幽默：‘首先，我有我——这真是再好不过——我有我自己，哥拉·布勒尼翁，勃艮第的老好人，做人随便，肚皮臃肿，年纪不小，已经五十岁，但是背没有驼，牙齿咬得动，眼睛不花，耳朵不聋，头发已经花白，但还在头上，密密丛丛。’你们说，布勒尼翁是不是很乐观？实际上，这是因为罗曼·罗兰乐观，但他以前不是这样的。《约翰·克利斯朵夫》里有一个孩子，要在音乐上有所作为，却遇到了很多困难，他克服了困难，获得了内心的宁静。贝多芬是这个孩子的原型，贝多芬的一生是抗争的一生，这个孩子的一生也是抗争的一生。对于这个孩子来说，抗争是生命的意义，对于我们来说，抗争同样是生命的意义。为了理想去抗争，为了正义去抗争，为了活着去抗争，否则我们又能怎么办？逆来顺受，听天由命，这才是最糟糕的。但在《哥拉·布勒尼翁》中，罗曼·罗兰变了，不再那么深沉，他学会了幽默。他可能不喜欢这个样子，但他觉得这个时代需要幽默，所以变成了这个样子。布勒尼翁是普通人，但不是懦弱的普通人，他是勇敢的、乐观的，在困难中乐观，在危险中乐观。他的话让人哈哈大笑，但他经历了很多困难，差点死于瘟疫，他的房子被人烧了，牲畜死了很多，但他依旧乐观，勇敢地反抗坏人。”

亚当放下《哥拉·布勒尼翁》，抬起头，看着我们：

“无论如何，布勒尼翁是虚构的人物，这个世界上并不存在。他经历了很多困难，无论这些困难有多大，也是虚构的。阿尔及利亚有很多法国人，我们经历的困难却是真实的。我们无依无靠，以前信仰的一切消失了，我们甚至不知道明天怎么过。我本来不想用虚构的人物说明最重要的道理，但实在想不出其他办法，我只能找到这些书，只能买得起这些书。我是自己长大的，像你们一样，从小没有见过我的父亲。我的父亲不是在欧洲战场上死去的，是在越南丛林里死去的。有人说他被毒蛇咬了，但我不知道具体情况，我只知道我没有见过我的父亲。有时候，我也想念他，但每次想念都会变成一个无底洞。我的想念不会减轻，相反越来越深。你们也要自己长大，没有父亲的陪伴，甚至没有母亲的陪伴，你们对于父母的想念也会变成无底洞，但除了坚强，你们能有什么办法？很多法国人，很多欧洲人都是这样长大的，在无数的夜里起来，站在窗前，看着天上的星星，觉得最亮的那颗是自己的父亲，他在看着自己。但天亮后，他们的父亲就会消失。于是，他们去荒野里游荡，看到一棵大树，觉得这棵树是自己的父亲变的，然后抱着这棵树，跟它说话，希望得到回音，却没有任何回音。”

还没等亚当说完，几个孩子哭了，声音很小，很低沉，但很悲伤。他走下去，抚摸这些孩子的头。

亚当从没有说自己是孩子们的父亲，但他承担了父亲的职责，有时候温和地对待我们，有时候严厉地对待我们。无论我们犯了什么错，他都不会将结果压在我们身上，而是自己承担，只是告诉我们以后不要这样，否则我们就得自己承担。这是父亲应该做的，而他这样做了。

所以，亚当将真相告诉我们的时候，我们的确难过，不是因为受到恶意的打击，而是因为看到了真相。每个人都应该知道属于自己的真相，哪怕这个真相让他难以承受，但除了自己，没有人会替他承受。

亚当几乎每天陪着我们，陪着我们阅读、写作，陪着我们说话、游戏，陪着我们哭，陪着我们笑。

有一次，亚当介绍了笛卡尔，一个伟大的人，一个被两个时代夹在中间的人。他向前看，是一片昏暗；他向后看，是一片未知；他向自己的脚下看，是一片泥泞。与他同时降生的还有很多人，他们都消失了，而他留在了自己的时代，成为自己时代的路标。

亚当向我们提出一个问题：为什么笛卡尔能留下来？之后，他举起一本书——笛卡尔的《方法论》，为我们读了一段：

“直到今天，我才感觉到：自幼年开始，我接受了很多错误的见解，并把它们当作正确的见解。我根据这些见解推导出来的知识是可疑的，或极为不确定。此后，我一直希望破除错误的观念，在科学中重建稳固的基础。这是一个宏大的事业，我在等待着成熟的年龄，然后开始这个事业。这是一个漫长的等待。这个时刻已经到来，我认为不能再拖延了，我必须付诸行动。”

后来，我知道离这里不远还有一个学校，高高的围墙，镀了铜的大门。那是有钱人的学校。在沙堆上玩的时候，我经常看到他们从门前经过，穿得很好，几乎不会向这里看一眼。他们是冷漠的，但这丝毫不会影响我的心情。唯一会影响我的是陪伴着他们的父亲或母亲。

都是孩子，为什么有的孩子有父亲，有的孩子没父亲？为什么有父亲的都是有钱人，没父亲的都是穷人？穷人的父亲在战场上死了，为了法兰西精神，有钱人的父亲不用上战场，没有为法兰西精神付出那么多，但他们可以陪着孩子上学，而且他们的孩子可以忽视我们？

又一个暑假即将开启，我在这里已经学习了两年多，每天早上来，傍晚离开，回到家后看着妈妈的操劳，看着外祖母的固执。有时候，她会向妈妈发火，声音很大，我不想听，就躲到屋里，用被子蒙着头。

我相信一个道理，只要没有听见，没有看见，就什么也没有发生。我不拒绝结果，什么结果也不拒绝，但我不喜欢过程，无论这个过程通向好结果，还是通向坏结果，我都不喜欢。我对结果已经失望了，因为我遇到的所有结果都是坏的，又必须接受。所以，我越来越厌恶过程，所有的过程对我来说都是煎熬。

大概一年后，外祖母去世了。那天傍晚回来，妈妈没在家，外祖母也没在家。门是开着的，我不知道发生了什么，就坐在门边等待。我厌恶等待，但只能等待，等待着未知的结果出现。我知道这个结果不是好的，而是坏的。无论多坏，我好像都做好了准备。

我觉得我从来不会等到好结果，因为我没有资格，也没有能力，但我必须等待。在漫长的等待中，我不再将等待看作是过程，而是无数的结果。一个结果出现了，没有任何影响，然后消失了；又一个结果出现了，同样没有任何影响，然后又消失了。

不知道过了多久，妈妈回来了。她看起来很忙乱，眼睛里有一种我从未见过的悲伤。那种悲伤很淡，每当她说话的时候会消失，闭上嘴的时候又出现。

妈妈说外祖母去世了。她回来的时候发现的，外祖母躺在床上，她以为她在睡觉，但很久没有动静，后来发现她去世了，走得非常安详，估计现在已经到了外祖父那里。

妈妈说以后我们两个人一起生活。

我有些难过，但不是很难过。

我跟着妈妈出去，到了一个大厅。那时候，我不知道这是什么地方，因为以前从没来过这样的地方。但妈妈去世后，我会第二次来这样的地方。

在外祖母的棺材旁边，我与妈妈守了一夜。在这个世界上，外祖母只有两个亲人，所以我们很珍惜与她相处的最后一个夜晚。

之后的日子是平静的，超乎寻常的平静，我从没有经历过这样的平静。妈妈每天去书店上班，赚的钱只够我们吃穿住，但她看起来很好，至少不会对我发火。

我每天上学，心里的那个空缺还在。有时候，父亲会在那里出现，背对着我。他不是不理我，而是我不了解他。好多年后，直到我站在他的墓前，看着一个死去时与我一样年龄的人，他才转过身，用一双比我还无助的眼睛看着我。

这样的日子又过了一年。夏天来了，暑假即将开始，但这个暑假不再属于我，因为我要离开学校，找个能养活我的工作，也为妈妈减轻一点负担。

在最后一节课，我想问亚当一个问题。这个问题一直在我眼前晃动，让我看不清路。在这里的几年，我一次也没有提问，不是我没有问题，而是因为我不敢。实际上，我非常感谢亚当，就像其他即将离开这里的孩子一样。他原谅了我们所有的错误，给予了我们最多的温暖，就像父亲一样。

下课前的最后时刻，我站起来。亚当在黑板上写了“一切顺利”，然后转过身，发现我站在那里，他有些吃惊。在那个时刻，我的心怦怦跳，我的耳朵咚咚响，手掌里有一层薄薄的汗水。

我十分紧张，但我决定提出我的问题，因为这是最后的机会：

“有人说我是被遗弃的人，我也觉得我是被遗弃的人。我想知道这是为什么？我仿佛知道为什么，但无论怎么想都没有用，无论怎么做也没有用，我到底要怎么办？”

我说话的时候，亚当一直看着我，安静地听着。我说完后，他还在看着我：

“我想告诉你的是，不只你是被遗弃的人，我们都是被遗弃的人。这是一个残酷的答案，又是一个真实的答案。实际上，这个答案并不残酷，而是一个真理，一个我们应该接受的真理。有人觉得这个答案残酷，是因为不了解这个世界，不知道自己活在这个世界上，并非为了得到好结果，也要接受坏结果，而且可能是最坏的结果。我不知道以前的人是怎么活的，但这个时代的人是这样活的。1890 年，我出生了。从记事开始，我觉得这是一个飘浮的时代，一切好像飘在天上。等有了更好的判断力，我确定我的感觉是对的，我的几个朋友也有这样的感觉。我问我的妈妈，她也这样认为，一切都飘着，每个人的身体飘着，居住的地方飘着，想的问题也飘着，今天的问题明天就失去了意义，明天的问题明天才会出现。这种感觉好像无处不在，无法摆脱，所以有人紧张，因为他们不知道会发生什么。所有人都这样想，但没人知道这是为什么。后来，我学会了读书，就去读法国历史，知道了一些道理。我不知道这些道理是否正确，但它们能回应我的感觉。我觉得我们都是 19 世纪的人。这是一个漫长的时代，从法国革命开始，经过了无数动荡，延续到现在，而且还会向后延续。至于延续到什么时候？我不知道，但我隐约觉得应该有一个重要的事件发生。这个事件之所以重要，不是因为它本身有多大的价值，而是因为它可能会改变很多人的命运，这个时代也会就此结束。我对这个问题很关心，却一直没有答案，但我找到了我们为什么飘浮的答案。在这个漫长的时代里，我遇到很多被遗弃的人，他们都是飘浮的，与这个时代失去了联系，只剩下孤独的感觉。有些人已经消失，连同他们的感觉。但有些人没有消失，他们的感觉留了下来。如果他们没有被遗弃，他们可能也会消失，但遗弃的经历让他们发现了自我，清晰的自我，坚强的自我，深奥的自我。这个发现是痛苦的，如果独自忍受，痛苦会更加肆虐，所以他们努力地表达出来。法国人以自己的文学为傲，但他们不知道他们的文学正是源于这个漫长的时代，源于被这个时代遗弃的人，例如夏多布里昂、雨果、托克维尔、拉马丁、左拉。他们都是被遗弃的人，被朋友遗弃，被家人遗弃，被自己的时代遗弃，有意的遗弃，无意的遗弃，刻薄的遗弃，无奈的遗弃。这是屈辱的感觉，也是深刻的感觉。他们不会让这种感觉消失，于是创造了自己的历史，创造了这个时代的历史。他们知道自己是谁，也知道这个时代为什么变成这个样子。他们可能厌恶这个时代，又不得不感谢这个时代，因为这个时代让他们发现了自己的力量。他们厌恶那些遗弃他们的人，又不得不感谢那些遗弃他们的人，因为那些人让他们发现了自己的力量。你现在还小，这些道理很深奥，可能不理解，但早晚有一天，你会理解。即使这些道理不正确，也会成为你的启示。在你找到自己的时刻，无论在中途，还是在结束，当这个时刻出现的时候，你将大放光芒。”

亚当回答完这个问题，我的上学时光就此结束。在这里，我学到了很多知识。我不知道这些知识对我有什么用，但我要离开这里了，在阿尔及尔找个工作，养活自己。

我背着包，走出校门的时候，好像什么都知道，却没有一点力量。我知道妈妈的境况，她要独自撑起一个家。我知道我的境况，我要靠自己的力量活下去，如果有可能，应该让妈妈活得好一些。总之，我知道很多，但又有什么用？我明明只有十几岁，却活得像三十几岁，一事无成，也不知道做什么，所以心里有种难以隐藏的焦虑与忧伤。

三

初入社会

一个夏日的早晨，我走出了家门。那时候，妈妈在洗碗，所以我没跟她打招呼，就走了。我之所以这样做，是因为我不想让她失望。至于我回来的时候是什么样子，她会不会失望，我并不知道。但我知道的是，如果我整天待在家里，她一定会失望。

我走出家门的时候，已经十三岁。我不觉得这是很小的年纪，也不觉得这是很大的年纪，我甚至没有年纪的概念，例如一个人十岁了，就要自己做饭，十五岁了，就要有谋生的工作，二十岁了，就要有自己的家，等等。我没有这样的概念。妈妈太忙了，她可能想告诉我这些道理，但没有时间。从小到大，我和她只有几次正式的对话，其他时间仅仅是打声招呼，我告诉她我要走了，或者我回来了。

我走在阿尔及尔的大街上，从一片贫民区走入另一片贫民区。路两边都是低矮的房子，非常拥挤，破破烂烂，甚至不能遮风挡雨。我又经过上学的地方。我站在门前，看到了那堆沙子。奇怪的是，第一次来的时候，我感觉那堆沙子很大，但现在看起来很小。以前，我觉得那堆沙子闪着光，现在像一堆土。我不知道亚当今天是否会来。暑假前，他说可能去法国，我不知道他是否去了法国，但我不想见到他，我不想让他看到我失魂落魄的样子。

这个学校处在阿尔及尔贫民区与富人区的边界上，向富人区延伸。为了节省时间，很多富人区的人有时候从这里穿过。我站在这里的时候，很多有钱人的孩子走过，去南侧那边的学校。他们像之前一样，不会看我一眼。尽管我与他们长得一样，头发一样，眼睛一样，身上同样流着高卢人的血，但他们不会看我一眼。

以前，我觉得法国人对待阿尔及利亚人的方式是不对的，法国人抢了这里的土地，却觉得自己高于阿尔及利亚人。现在，我觉得法国人对待自己人的方式也是不对的，我们都是法国人，但有些法国人觉得自己高于其他法国人。

这种区分的根据是什么？我不知道。我当然想知道，因为我是受害者，但我又懒得想，即使想明白了，又有什么用？

一年四季，我只有一身衣服，一双鞋。一年四季，我只能吃粗面包，我已经吃够了，但饿的时候只能吃粗面包，偶尔喝点牛奶。我只能想这么多。如果想得更多一点，心里的那个缺口就会出现，一个身影在那里走来走去。所以，我不能再想了。

我继续向前走，穿过了一条路。这条路是难以逾越的边界，一边是贫民区，一边是富人区。富人区里有宽阔的路，高耸的房子，门前摆满了各式各样的花草，而贫民区像临时搭建起来的地狱，密集、低矮、破落。

妈妈以前告诉我，如果想知道法国是什么样子，就去路那边看看，那就是法国。我来过很多次，每次去地中海边的时候，也会从这里穿过。如果这里就是法国，以前我会觉得法国很好，现在我不知道法国到底好不好。

我之所以穿过这条路，是因为贫民区里很少有工作，而富人区里有很多工作，各种类型的工作。这是阿尔及尔人的共识。

我在宽阔、整洁的路上走着，迎面都是陌生人，匆匆而过，没有人说话，没有人停留，与贫民区里的人不一样。我从小就在贫民区里生活，经常见到街边有人聊天，哪怕是在一栋破房子旁边，他们也聊得很开心。但这里不一样，这里的人穿得很好，面容红润，但他们不喜欢聊天，都是匆匆而行，留下香水的味道。每种香水闻起来一定很好，但混在一起后，我觉得有些恶心。

我不喜欢富人区的氛围。如果说有让我高兴的，应该是街边停着的一辆汽车。开车的人不知道去了哪里，发动机还在转。我喜欢听发动机的声音，有点沉闷，但极为规则，突突突突突突……但我更喜欢闻发动机排出的气体的味道，有点刺鼻，也有种芳香，介于柴火味与煤烟味之间。我走到排气管那里，蹲下身，用力地呼吸。不知道过了多久，排气筒突然发出急促的声音，汽车扬长而去。

在一个花店旁边，我停下来，看了看招牌，“幸福花房”。我想知道这里需不需要人，于是走进去。里面的空气太新鲜了，每种花的旁边有一个用白粉笔写的牌子，有些名字我都不认识。

老板问我，想买什么花？

我说我想找工作，什么工作都能干。

老板问我，以前做过什么工作？

我说什么也没做过。

老板又问我，以前接触过花，或者喜欢花吗？

我说没有，家里从来没有什么花。

老板低头不语，我走的时候，他也没有抬头。但我承认他的眼睛非常漂亮，有一种深沉的蓝。他的声音也很优美，听起来让人愉悦。当他低下头，将一束花捆起来的时候，他的动作也很灵巧，有一种从容的美。

我又站在大街上，街边的建筑那么庄严，地上看起来没有一丝灰尘。在这个时刻，我的唯一愿望是这些景物变成吃的，那么我一定会进入天堂。

一辆马车飞驰而过，将我从一个即将开始的梦中惊醒。我觉得有些饿了，但我不能回家。妈妈已经去书店工作，她有工作餐，即使她在家，我觉得我也不能回去，我不想看到她失望的眼神，尽管她会努力掩饰自己的失望，但我仍然能看出来。

我继续向前走，左边有个水果店。老板忙来忙去，看起来慈眉善目，一定是个好人。我想这里可能有机会。在我犹豫的时候，他突然对着店里大喊："雅克，你出来，有人买水果。"

一个几乎跟我一样大的孩子从屋里跑出来，眼神中有天真，笑容中有真诚，还有一种隐秘的屈从。我觉得他一定不是老板的孩子。在这个世界上，一个孩子在自己家里工作，几乎不会有这种表情。他看着我，我也看着他，我有些不好意思，然后低下头，看着他面前的水果。

我告诉老板我不买水果，我是来找工作的。

老板很礼貌地向我耸了耸肩膀，摊了摊手。

我继续向前走，但我的腿有些沉重，走不动了，就坐在街边的石头上休息。眼前人来人往，有的人会看看我，但仅仅是瞥一眼；有的人匆匆而行，一眼都不看，哪怕我的衣服有些破，与这里的景观不相称。我用手压着肚子，然后深呼吸，减轻饥饿感。这种方法很有效，我经常这样做。

我转过一个街角，又转过一个街角。我觉得越来越累，汗水从头上流下来。天气的确很热，但如果不饿，我不会流这么多汗。等实在走不动了，我坐在路边的台阶上休息。但坐着仍然累，我索性躺在台阶上，看着一双又一双的脚沿着台阶上去，或沿着台阶下来。我有些惊叹，他们走路的姿势那么优美，那么轻巧，所以一定不饿。

我几乎站不起来，我想在这里扎根。如果不是有妈妈，我一定会在这里扎根，变成一棵树，哪怕一棵草也行。但我有妈妈，我不想让她失望，我也不想让她因为我的艰难而愧疚，所以我必须站起来。

当我站起来的时候，已经是下午了。我觉得没有刚才那么饿了，我的肚子还是瘪的，但饥饿感仿佛消失了。

我沿着一条熟悉的路向前走。小时候，每次去海边的时候，我会走这条路，妈妈陪着，或外祖母陪着。但这次不一样，我的心里不再有期待，不再有愉悦，而是一种沉甸甸的感觉，一种几乎被失望掩埋的感觉。我觉得走了好长一段路，经过了很多店铺，水果店、面粉店、鲜花店、服装店、衣帽店、奶酪店……好像没有一家店铺需要帮手。

在这条路的尽头，我看到一个面包店，门前有一排架子，架子上摆满了面包。一对中年夫妇要买面包，但老板在屋里忙。炉子里的面包刚烤好，他要取出来，不然就烤煳了。所以，他对着外面大喊，让买面包的人等一等。取出面包后，他还是没有出来，因为炉子里的柴火要烧尽了，他不想重新点火，所以向炉子里塞了一堆木头。之后，他转过身，洗了手，用毛巾擦干，跑着出来。

招待完这对中年夫妇之后，老板又招待了一个六十多岁的老人。他买了一个羊角面包，一个长棍面包。之后，老板转身跑进屋里，将生面包放进烤炉。汗水从他的脸上滴落，但他一定不是因为饿。

我觉得他需要一个帮手，我不求多高的薪水，只要让我有一日三餐就好，因为这些面包太诱人了。

等他出来后，我看着他，鼓起勇气问他需不需要助手。

老板用毛巾擦去脸上的汗水，问我多大，家在哪里，家里都有什么人，爸爸为什么不在了，妈妈做什么工作……

无论什么问题，我都用最简洁的话回答，因为我的力气快用完了。如果不是为了找工作，我一定会找个地方睡觉，像流浪狗一样，不管什么地方，只要能睡就可以。

老板看出来我很饿，拿起一个面包，用刀切开，放了一片奶酪、一片烤肉，还有一片蔬菜，然后递过来。我双手接着，什么也没说，张口吃起来。

这是我第二次吃到这样的美食，第一次是四年前。那天，妈妈和外祖母不再争吵，因为她们认清了现实，尤其是外祖母认清了现实。在这个世界上，我们三个是最亲近的人，应该相依为命，而不是相互为难，最后外祖母同意我去小学校学习。当天晚上，妈妈买回三个面包，每个面包里有一片奶酪、一片烤肉，还有一些蔬菜。

我永远记得那个面包的颜色，黄色中有淡淡的灰色，所以看起来焦黄。这种颜色不仅是一种视觉，还是一种味道，一种让人想象的味道，一种散发着温暖的味道。当我吃完第一口的时候，我永远忘不了这种味道，有麦子的香味，有奶酪的香味，还有烤肉的香味。三种香味混在一起，再加上一点新鲜蔬菜的清淡，简直无与伦比。在梦中，我无数次怀念过这种味道；饥饿的时候，我也无数次怀念过这种味道。

而在这个饥饿的时刻，在这个手足无措的时刻，我又吃到了这样的面包。我觉得四年前妈妈应该是在这里买的，形状几乎一样，颜色几乎一样，味道也几乎一样。

我吃面包的时候，老板一直看着我。他的眼神既不优雅，也不高傲，既不坚硬，也不遥远。说实话，我讨厌一些人的优雅，因为优雅的背后是冷漠，是虚伪，是区分，是间隔，是局促，是拒绝，是言不由衷，是道貌岸然。而他的眼神不一样。如果我的父亲还活着，我不知道他会不会这样看我。

面包快吃完的时候，我看了老板一眼，我知道他愿意雇我。

吃完面包后，我觉得我的新生开始了。对于一个被遗弃的人来说，用自己的劳动喂饱自己，是一个卑微的愿望，也是一个伟大的愿望。

老板领我走进面包房，向我介绍各种工具：和面用的大铁盆，揉面用的大木桌子，烤面包用的炉子，炉子旁边有一个放柴火的木筐。之后，他指了指里面的小房间，那是放面粉的地方。

太阳挂在西边的天上，距离夜幕还有段时间，很快就是卖面包的高峰时段。老板又忙了起来，他希望这个时段到来之前，再烤三炉面包，一炉羊角面包，一炉圆面包，一炉长棍面包。

老板从小房间里提出一袋面粉，倒在大铁盆里，让我倒水，搅拌，用力搅拌，水多了加面，面多了加水。吩咐完后，他去看新烤的面包，感觉差不多了，一个一个取出来，放在外面的架子上。

我撸起袖子，洗了洗手，开始了我的第一份工作。我以前没做过面包，所以不是水多了，就是面多了，终于在水和面之间找到了平衡。我弯着腰，用尽所有力气，将面揉了一遍又一遍，最后放在大木桌子上。老板接过去，揉了一遍又一遍，然后用刀切成块，有的大，有的小，大的做长棍面包，小的做羊角面包，不大不小的做圆面包。之后，我向大铁盆里倒面粉，又倒了水。

夜幕时分，我要回家了，带着老板送的两根长棍面包，作为今天的酬劳。我一边走，一边吃，吃掉一根，剩下的一根留给妈妈。她一定在家里等待，等待着我回去，等待着我的好消息。

开门的那一刻，妈妈坐在凳子上，看到了我怀里的面包，也就知道我找到了工作，她又能要求什么呢？她将我抱在怀里，我从来没有感到这样温暖。

那一夜，我睡得很好，一个梦也没做。而平时，我的梦总是不断，尤其是在外祖母指责妈妈的夜里，我几乎被一个又一个梦吞噬。那些梦像是长了手，拽着我不放。每个梦都很黏，黏在我的枕头上，黏在我的被子上，黏在我的鼻子上，让我窒息。

第二天，大概早上四点，我准备出发，赶着去做早餐面包。有钱人不喜欢吃隔夜的面包，所以每天都要烤面包。

在昏暗中，我轻轻地打开门，然后一路飞奔。在富人区，我又看见了雪铁龙汽车，安静地停在路边，没有发动，所以闻不到浓郁的尾气。

有了我的帮助，老板最初轻松了一些，之后又轻松了一些，即使在忙碌时段，也有机会在躺椅上休息一会儿。而我一直忙碌，取面，倒面，加水，搅拌，揉面，切面，做面包，生火，添柴，放面包，取面包，卖面包。

我之所以这样忙碌，最初是因为我能在这里吃饱饭，后来是因为我将一袋面撒了一地，老板没说什么，甚至没给我一个坏脸色，就像什么都没有发生，当天照样给了我三根长棍面包。我不知道如何应对一个强壮男人的批评，而他没有批评我，所以我很感激他。

一年过去了，我越来越熟悉我的一个特点：我不想说话，什么都不想说。不是因为这些话不重要，而是因为我不想说。

老板对此是满意的，因为我对他说的一切从来不反驳，无论是对的，还是错的，我都不反驳。无论听到什么，我都会去做，不是因为我没有其他想法，而是因为我不想说话，什么也不想说。面对这个世界，我好像没有什么可说的。

日复一日，我的工作越来越繁重，从早上开始忙碌，直到夜幕降临。在一些节日，例如圣诞节、法国国庆日，我会从凌晨开始忙碌，每天得到属于我的三个长棍面包。之后，老板每天多给我一法郎，但我的身体还是吃不消。

我的手腕开始疼，最初的时候不能弯曲，一弯曲就疼。我忍着，因为我珍惜这份工作，不然我又能做什么？后来，我的腰开始疼，因为长时间弯着身体，每当直起来的时候，我的腰会有一种难以忍受的疼痛。最初，这种疼痛很快就消失，后来要等一会才消失。

我想过离开，但我珍惜这个工作，而且我越来越不愿意说话，一天到晚沉默不语。所以，尽管我有离开的想法，但我不愿意说出来。至于去找其他工作，我更不知道如何向一个陌生人说出来。

一个盛夏的傍晚，我觉得我应该离开了。

我的手每天湿漉漉，经常蜕皮。那一天特别严重，双手的皮肤毛毛糙糙，被一个优雅的中年女人看到了。她十分震惊，而且相当生气，要求老板解释这是怎么回事。她是老顾客，隔几天就来这里买面包，却看到面包是这样的手做出来的。她在面包架旁边高声斥责，要求老板解释。老板没有解释，他转过身，让我回到面包房里。

这个女人拒绝买面包，嘟嘟囔囔地走了。老板回到屋里，看了看我的手。我觉得我应该说几句话，至少说一句。

我说我要离开。

老板没有拒绝，也没有挽留。

我在家里待了足足一个月，不想干什么，也不知道干什么。

妈妈没有催我，也没有表达任何不满。她太忙了，每天早早地出去，劳累一天，傍晚疲惫地回来。她在书店里工作了差不多五年，但旁边新开了一个书店，生意更好，因为总有法国最新出版的书，所以妈妈失业了。她也要重新找工作，每天出去，在美丽的富人区东奔西走。

有时候，我与妈妈一起吃晚饭，她偶尔会说一两句话："像我们这些被遗弃的人，不这样活着，又能怎么样活着？所以，勤劳不是美德，而是活下去的理由。”

这段时间，我又知道了我的一个特点：有时候，我会想很多，但我的手跟不上，我的身体也跟不上，我不想动，就想安静地坐着，安静地躺着，一动也不动。

有人可能会说这是懒惰，这是放纵，这是堕落。只有我知道这是错误的判断。我不懒惰，我不放纵，我也不堕落，我甚至懒得懒惰，懒得放纵，懒得堕落，我只是不想动。我就喜欢安静地坐着，或躺着，哪怕肚子饿了，也只想安静地坐着，或躺着。

在心底里，我也不想这样，但我没有力气，也没有愿望。我不能说跟随亚当学习的那几年虚度了，我十分感谢亚当，但我的心里总是缺少一些东西，我又不知道如何弥补。

一天傍晚，天气很热，我在卫生间洗澡。平时，我一般不洗澡，无论多么热。但那天，我觉得应该洗个澡。妈妈也说我应该洗个澡，不能太脏。我懒得反驳，我又能怎么反驳？反驳之后又有什么结果？我不想说话，我还想忽视那些带着各种目的的话，无论是什么目的，我都想忽视。

那天傍晚，我决定洗个澡，而我竟然真的洗了个澡。我看着镜子里的身体，这是男人的身体，除了眼睛之外，的确是男人的身体。如果那双眼睛有更多的精神，那应该是一双男人的眼睛。

洗完澡后，我仔细地擦干了我的身体，这个过程像一种自我认识。以前，我不会从这个角度自我审视，而那个时刻，我从这个角度自我审视，我觉得我的存在是明确的。

我没有做过惊天动地的好事，也没有做过坏事，哪怕最小的坏事也没做过，所以我是真诚的、纯粹的。我逆来顺受，我麻木不仁，但我仍旧是个好人，一个年轻的好人，一个不想动，也不想说话的好人。

第二天，我决定出去找工作。我知道了我的特点，所以放弃了那些需要开口说话的工作。对于法国人的聚集区，我想避开，因为我不想每天在两个差别巨大的世界里穿行。

于是，我去了阿尔及尔的卡斯巴哈区，慢慢悠悠地走着，向左，向前，向右，下台阶，上台阶。一只猫趴在路边，没有等待哪个人，也没有提防哪个人。我走到它的旁边，它依旧在那里趴着，而且眯上了眼睛。迎面而过的是包着头巾的阿拉伯女人，穿着破旧衣服的阿拉伯男人。尽管我与他们长得不一样，头发不一样，眼睛不一样，皮肤也不一样，但我觉得与他们更加熟悉。对于那些与我长得一样的法国人，我却觉得陌生。

我在一条又一条的小巷子里走着，地面上铺满方块石头。墙壁本来是白色的，但由于长时间没维修，变成了灰色，覆盖了一层灰色的土。我来到卡斯巴哈区最高的地方，阿尔及尔人说这里是布扎里山。我站在山上看着这个城市，远处是地中海的一个湾，湾那边是法国人的地方。

以前，亚当给我们讲过卡斯巴哈区的故事，它最早建于两千五百年前，在这里定居的阿拉伯人经营海外贸易，之后被毛里塔尼亚人占领，又被阿拉伯人夺回去。过了段时间，奥斯曼土耳其帝国赶走了阿拉伯人，在这里建造了城堡和城墙。1830 年，法国人来了，他们不喜欢卡斯巴哈的风貌，于是在地中海另一边建了新城。所以，亚当说卡斯巴哈区是一片有内涵的土地，也是一片饱受磨难、歧视，变化无常的土地。

我回来的路上，经过一个旧教堂，周围搭着简易的木架子。这座教堂太旧了，黄色的墙壁上裂了很多口子。我站在木架子旁边，向上看，上面六个人，用泥浆填补墙壁缝隙。下面两个人，忙着和泥浆，然后装在桶里，上面的人一桶一桶地提上去。

我觉得这里有工作机会，于是问木架子旁边的两个人，我能否在这里工作？

其中一个人年纪很大，估计七十岁。他问我以前做过什么，怕不怕吃苦，敢不敢到上面去抹墙？

我没有说话，但点了点头。

他让上面的一个人下来，那个人同样年纪很大，我上去顶替他。

费了很大力气，我终于站在木架子上，拿着铁铲子，抄起泥浆，填进墙壁的裂缝中。等到桶里的泥浆用完了，我用绳子把空桶吊下去，下面的人装满泥浆，我再提上来。

这个工作足足持续了一个月。补完墙后还要加固屋顶，因为每逢下雨，屋顶都会漏水。我的身体轻，所以承担了最繁重的工作，在屋顶上走来走去，空闲的时候看着远处的地中海，吹着地中海来的风。

这是我的第二个工作，也是一个以后我会怀念的工作。我与这群人看起来极为不同，眼睛不同，鼻子不同，头发不同，但他们没有区别对待我，哪怕他们将我看作一个得力的工具，我也没觉得受到了冷落。

午休时间，我和他们一起吃饭，听着他们聊天，看着他们笑。我一般不说话，但我知道我喜欢这个群体，而且我属于这个群体。

临近结束的时候，这些人又得到了一个新工作。法国人要将自己的地方与贫民区彻底分开，并设计了一个方案，用一条路作为区分边界，一边是贫民区，一边是法国人区。这些人负责清理这条路，之后与其他工程队一起加宽路。

这个工作会持续一年，我每天准时来到这里，一边是贫民区，一边是法国人区，而我究竟属于哪一边？我不知道，我也不想知道，因为知道什么都没用。

从人种意义上，我属于法国人区，但我觉得我不属于这里。有时候，我模糊地觉得法国人区像一块石头，从远处看很优雅，走近后却十分坚硬。我可以从这里走过，可以看，可以听，可以停留，也可以在路边坐着，或躺着睡觉，但几乎不能进入其中，也不能作为平等的角色与这里的人说话。没有人会听我说话，因为我没有身份。

这种身份不是我能得到的，我的出身限制了我，我的家庭限制了我。但我不能责怪我的出身、我的家庭，那不是我能决定的。我更不能责怪我的妈妈，她当然希望我过得好。我觉得我要责怪法国，法国让我失去了父亲，让我生来是法国人，却被法国人排挤。我觉得我的责怪是对的，但谁又会听呢？

我住在贫民区的老旧房子里，在这里出生、长大，妈妈也住在这里，但我觉得我也不属于这里。我喜欢与这群同样在贫民区里出生、长大的人一起工作，但我觉得与他们之间还是有些不同。对于那些让他们哈哈大笑的事，很多时候我笑不起来；对于那些让他们愤愤不平的事，很多时候我并不关心对错。

那么，我属于哪里？我不知道。我不想为此劳神，因为这是一个没有答案的问题。我之所以喜欢在这条路上工作，不仅仅是为了赚点钱，还因为我觉得我动起来了。我的身体不停地动：弯腰捡石头，握着铁锹清理杂草，用扫帚将路面扫干净。每天傍晚，我会很累，但我喜欢这个工作。每当觉察到我在贫民区和法国人区中间，我会迷惑，但我还是喜欢这个工作。

清理工作持续了两个多月，直到炎热的夏季结束。之后，很多穿制服的人来这里勘测。我们为他们抬着各种工具，一个一个的箱子。我不知道他们说的是不是巴黎的法语，但听起来的确不错，流畅、柔顺，有一点鼻音，还有一点粗犷，与从小在阿尔及尔长大的法国人不同。

之后，施工队收到了图纸。根据图纸，这条路要向外扩展，将贫民区一侧的低矮房子清理掉。很多人不愿意离开，但由于接受了安家费，又不能违抗法国人的权威，尽管扯扯拉拉，最后都离开了。

我所在的施工队负责其中一段，量好尺寸，确定路基，推倒破旧房子，将道路加宽。这是体力活，我有些吃不消，但这是最适合我的工作，不需要说话，而且能强迫我动起来，不停地动，没完没了地动，胳膊要动，手臂要动，弯下腰，又站起来。

如果没有这个工作，我会静止不动，躺着不动，坐着不动，闭着眼睛不动。我不喜欢这种状态，因为我会失去感觉，失去对床的感觉，失去对面包的感觉，失去对自己的感觉，失去对妈妈的感觉，失去对这个世界的感觉。

我喜欢这个工作的另一个原因是每天回家路上，我会经过一个卖葡萄酒的店。我经常买几瓶回家，晚饭后喝一点。最初的时候，我只喝一杯，就有些晕。我喜欢这种感觉，因为睡得好。后来，我要喝两杯，晕的感觉才会出现。再后来，我要喝三杯、四杯，然后是两瓶、三瓶。最后，我会提着一兜子酒回来，一路上叮叮咣咣。

这个工作最终结束的时候，是第二年的圣诞节。他们说暂时没有工作，只能回家等。分别的时候，我很高兴，因为的确赚了一点钱，即使整整一年躺在床上一动不动，我也不缺吃喝。

后来，我去了法国，遇到一些从阿尔及尔回来的法国人。他们谈起这条路，也谈起法国人对于阿尔及尔的改造计划。他们所敬仰的柯布西耶参与了这个计划，我不知道柯布西耶是谁，他们说柯布西耶是伟大的建筑师，一个能用诗歌建筑的法国人。

他们让我看一幅柯布西耶出版的《阿尔及尔的诗歌》封面插画。画上有一个长着羊角与翅膀的女性形象，裸体地站着，旁边有一只巨大的手，捏住了她，像捏着一个玩具，背景看上去像阿尔及尔。他们说法国将阿尔及尔当成了一个女人，将阿尔及利亚当成了一个女人。

很多伟大的人在一些方面是伟大的，在另一些方面是卑微的、渺小的、懦弱的或庸俗的。柯布西耶就是这样的人，他是法国的骄傲，却不是阿尔及尔的骄傲。

在法国，他用建筑表达优美；在阿尔及尔，他用建筑区分等级，而且坚决地区分了贫民区和法国人区。法国人区是优雅的、文明的、高尚的，贫民区是落后的、野蛮的、低下的。他在法国人区设计了很多高大建筑，能俯视贫民区里的低矮建筑。于是，上方与下方出现了，法国人在上方，阿拉伯人在下方，下方必须接受上方的指导、管理、监视。而我参加修建的那条路是对于这个愿望的表达。

然而，柯布西耶忽视了如何区分我这样的人。我长得与他一样，一样的鼻子，一样的眼睛，一样的脸，我却在他的愿望之外。这意味着什么？这意味着我是一个被遗弃的人，一个被柯布西耶遗弃的人，一个被法国人区遗弃的人，一个被伟大的法国遗弃的人。

我站在那条路上，这种感觉会不断出现。我不属于贫民区，不属于法国人区，也不属于这条路。

工作结束后，我与那些人分别，然后向家走去。路过葡萄酒店的时候，我买了六瓶葡萄酒，浓度最高的。回家后，妈妈还没有回来，她刚刚在一个蛋糕店里找到工作，每当所有人庆祝节日的时候，她会很忙。她也希望庆祝这个节日，但总是没有机会。

我独自一人坐在客厅里，打开一瓶酒，没找到杯子，我就拿起瓶子喝，一瓶喝完后，妈妈还没有回来。我有些饿了，于是又打开一瓶。等到迷迷糊糊的时候，我可能已经喝了三瓶，因为我记得眼前有三个空酒瓶子，但也可能喝了四瓶，因为三瓶不足以让我醉得那么深。

醉酒是一个让我着迷的过程。最初，我觉得这种高浓度的酒有点苦涩，但喝到半醉的时候，酒会变得清爽，身体动作轻快，而且情绪越来越高昂。我好像看到了一个极乐园，心中的那块缺憾也消失了。之后，我不知道喝的是什么，但我的视野在变化，逐渐变小，像一束光，我只能看到这束光照到的地方。最后，我失去了意识，当然不是完全失去，而是片段化地失去。有时候，我知道自己在哪里；有时候，我不知道自己在哪里。在这个时刻，我又喝了一瓶，两个记忆片段的距离越来越远。

我承认我失去了思考的能力，失去了观看的能力，也失去了聆听的能力。当我醒来的时候，我躺在那条分割之路上，没有在路中央，而是在路边放垃圾的地方。我不想起来，于是翻了下身体，找到舒服的姿势，紧了紧衣服，再次睡去。

在迷迷蒙蒙中，我做了一个梦，一个奇怪的梦。我经常做梦，而且做了很多梦，但从来没有做过这个梦。

我站在一个不知道是哪里的地方，安静地站着，四周白茫茫一片。一个粗壮的物体在我面前出现，我紧紧抱着它，很吃力，因为它在晃动。这个时刻，我并不在意我是否会掉下去，我只记得抱的感觉，一种无法把握的感觉。之后，这个物体开始变化，有时候变成圆柱体，有时候变成正方体，有时候变成三棱锥。

我觉得我的鼻子湿了，于是睁开眼睛，一只流浪狗在舔我的鼻子。

这个梦结束了，但那种无法把握的感觉没有消失。在迷迷糊糊中，我好像看到一只很老的狗，身上的毛很长，眼睛里有浑浊，但无法掩饰那种原始的温暖。我挥了挥手，将它赶走，然后继续睡。我喜欢这种坚硬和冰冷的感觉。

很快，一个新的梦开始了。

我在一个房间里，地板上有一个飞快转动的轮子，轮子边缘有锋利的牙，这些牙碰到的东西都被粉碎。我有些害怕，因为这个轮子转得越来越快，越来越有力量。最初，周围的小东西被吸过去，变成碎片，例如鞋子、水杯、毛巾。之后，大一些的东西被吸过去，变成碎片，例如枕头、衣服、被子。这个轮子还在变快，旁边的一张桌子动起来了……

我怯生生地走到门口，看着这一切。最初，我有些迷惑，又有些害怕，而且越来越害怕。每当有东西被粉碎，这个轮子就变大，好像有了生命。它看起来很饿，所以不断地粉碎周围的东西。它粉碎了这些东西，也就是吃了这些东西。但它的饥饿感始终没有减轻，好像越来越饿，所以转得越来越快。

我躲到隔壁的房间里，但没有用，最初是杯子里的水在震动，之后整个杯子在震动。放杯子的桌子并不平，杯子被震到地上，摔成了碎片。在杯子落地的那一刻，我更加害怕。我看了看对面的墙，墙上的一幅画在晃动。我非常喜欢这幅画，印象派风格，一个小水塘，水塘里开满了白色的花。但在这个时刻，我不再关心我是否喜欢这幅画，因为它快掉下来了，然后真的掉到了地上。我不敢去捡，我担心那面墙会坍塌，然后被那个轮子吸走。

我慌慌张张地打开门，跑出去。我跑到外面，站在一条狭窄的小路上。这条路我非常熟悉，经常在这里来回走。在家的时候，我从窗户里也能看到它。而在这个时刻，我担心这些熟悉的东西都会消失。

于是，我跑向远处，站在远处看。我的房子的确消失了，不是瞬间坍塌的，而是被一点点削掉的。我看到亮闪闪的刀片在飞速转动，粉碎了被它吸过来的一切。这条路也被吸过去，像一条带子一样被吸过去，在被切碎之前，它在天上扭动，像无情的拒绝，也像炽烈的奔赴。

一切都被粉碎，然后一个巨大的漩涡出现了。这个漩涡慢慢变大，而且在一直变大。于是，我赶紧离开这里。我跑得很快，以前从没有跑得这么快，但还是不够快，因为那个漩涡离我越来越近，将附近的一切吸进去，又将之粉碎。

我跑不动了，走不动了，最后爬不动了，只能躺在地上，看着那个漩涡慢慢变大。

很多人从我身边经过，有的跑，有的走，有的爬，跑的人推倒走的人，走的人踩在爬的人身上。他们非常迷惑，也非常愤怒，不知道为什么会发生这一切。

而我一点也不迷惑，因为我知道这个漩涡是什么，我知道它来自哪里。但我没有告诉他们，因为我不想说话。我躺在地上，闭上眼睛，等待着即将到来的一切。

突然，我的头好像碰到了一个温暖的东西，毛茸茸的，软绵绵的。我睁开眼睛，是刚才那只被我赶走的狗。它回来了，趴在我的旁边，与我一起睡。

我坐起来。原来这是梦，周围的一切与往常一样。我看到了那棵椰枣树，扩建这条路的时候，我经常在树下吃饭，听着一群阿拉伯人讲故事。所以，我确信这是梦。

这只狗还在睡，侧卧着，没有一丝防备，也没有一丝顾虑。它看起来流浪了很久，但我是第一次见到它，它也是第一次见到我。我觉得我和它之间没有任何区分，是人还是动物，并不重要，重要的是我们都是被遗弃的生命。

在这个时刻，我终于确定自己是被遗弃的，也就不再将现实中的一切当作未知。我觉得这个问题并非不能接受，我是被遗弃的人，也就是多余的人，又能怎么样?

不久，这只狗醒了。它看着我，就像看着一个老朋友。它站起来，走过来，趴在我身边，将头放在两条前腿中间。它的眼睛有些浑浊，浑浊里有原始的温暖。

这是一种难以形容的美好。我从来没有在法国人那里得到这种美好，但我在这只狗的身上得到了，没有任何条件，也不需要任何代价。我承认这只狗很老了，它还能慢悠悠地走，但估计跑不动了。

突然，我意识到我是被冻醒的。我喝醉了，从家里走出来，不知道走了多少路，然后倒在这里，昏昏睡去。我感到了一种透入骨髓的冷，一种身体的冷，而这只狗给了我温暖，一种精神的温暖。

我站起来，这只狗也站起来。我们相互看着，相互期待着。我们到底在期待什么，谁都不知道。我俯下身，摸了摸它的头。它闭上眼睛，任由我抚摸。在这一刻，我决定带它回家，让它吃我吃的东西，让它睡在我的床下。

我一路往家走，沿着这条路，一边是法国人区，一边是贫民区，然后在一个路口走进贫民区。我不知道现在是几点，但我知道周围的一切静悄悄的。路边房子里只有一些零星的灯光，没有人出来，没有人在街上走。

我与这只狗一前一后，走过一条街，转向另一条街。光线有些暗，但我不需要路标，因为我熟悉这里的一切。

回到家后，我为这只狗找了些食物，放在它面前。它摇着尾巴，慢慢吃起来。吃完后，我又给它倒了一碗水。倒水的时候，它仍旧摇着尾巴，慢慢喝起来。

之后，我决定再睡一觉，于是将它推到床底。它很快就睡着了，而我没有。我在床上翻来覆去，拒绝任何一个梦。我知道有一只年老的狗在我床下，我希望它每天都有吃的，每天都睡个好觉。

早上醒来，妈妈来到我的房间，知道了一切。她蹲下去，看了看这只狗。她说她以前见过，不止一次见过，在路边，在树下，在书店前。

之后，我又躺在床上。不知过了多久，我醒了，是被这只狗蹭醒的。我感觉有些头疼，尽管是轻微的疼，但我觉得这种疼会扩大，就像我在梦里看到的那个轮子一样。

阳光从窗户照进来，我终于看清了这只狗的样子，一身黄色的毛，有些乱，有些脏，眼神温和，有些浑浊，浑浊背后是让人难以拒绝的温暖。

这种温暖没有考验我，对我也不做假设，例如假设我是坏的，假设我会变化，假设我也在假设，一开始就对我完全绽放，没有丝毫保留。这只狗之所以没有任何保留，是因为它愿意接受一切，例如我是伪善的，我会变化，由好变坏，或由坏变好。无论如何，它愿意接受一切。

我不再想找工作，因为我要陪着这只狗。我不知道我能陪它多久，但我知道它是一只老迈的狗，行动越来越不便。我看着它的眼睛，一天比一天浑浊，里面的温暖没有变少，但越来越被浑浊掩盖。

一天中午，我决定给这只狗理理毛发，太长了，看起来有些脏乱。我用湿毛巾将它擦了一遍，又擦了一遍，然后找了把剪刀，也就是妈妈小时候为我修剪裤子的剪刀，将它的毛剪掉一层，既包括头上的毛，也包括尾巴上的毛。之后，它看起来精神多了。

大概十天后，我一觉睡到阳光照进房间。为了能早点起来，我想了个办法，睡觉的时候不拉窗帘。我的窗户朝向东方，这样我就能被太阳叫醒。我希望我不再像以前一样，躺在床上不动，所以当我眼前一片明亮的时候，我会强迫自己起床。

每当我将腿放在地上，这只狗会从床底爬出来，用头蹭我的腿，一边蹭，一边摇着尾巴，张着嘴，看着我。但今天它没有出来，也没有任何动静。我起身下床，弯下腰，看到它还在睡。我摸了摸它的头，它没有动，也没有呼吸，身体僵硬。它死了，在我的床下死了。

在那个时刻，我非常难过，但我没有能力表达出来，我又能向谁说?

于是，这种难过在我的心里四处冲撞，撞到了那片空缺之地。我担心我的父亲受到撞击，我又有什么办法?

我只能看着这种难过在我的心里四处冲撞，一直等到它累了，在那片空缺之地的一个角落安静下来。从此之后，这里就是它的家。我的心里装了两个生命，一个生命是我的父亲，一个生命是这只狗。以后，我的心里还会装下一个生命，我的妈妈，但那时，我已经麻木。

我孤零零地站在窗边，看着太阳慢慢升起，看着窗外小路上的行人越来越多。自从那个破碎之梦后，我越来越喜欢这条小路，生怕有一天它被旋转的轮子撕碎。

我打开旁边的箱子，箱子里有一个棉布袋。扩建那条路之后，法国人为每个参与者发了一个袋子，上面印着一行法语，“向伟大的工人阶级致敬”。回家后，我将袋子放在箱子里。今天，它有了用处，我觉得对于这个袋子而言是光荣的。

我将这只狗从床底下拉出来，装进袋子里，然后背在身上，顺手从门后拿了小铲子，也就是我小时候玩的那把小铲子。它陪伴了我整个童年，之后就在门后挂着。

我走在那条小路上，一直走到尽头，然后向右拐，再走到尽头，有一片椰枣林，还有一片灌木丛。我觉得这里很适合成为这只狗的安息地。

我将袋子从身上放下来，放在软绵绵的草丛里，然后拿起小铲子，使劲地挖，挖了一个很大的坑。我决定挖得再深一些，再大一些，于是跳到坑里，继续挖。

一个妈妈带着孩子来到这里，最初她们远远地看，然后走近了看。我看了看那个小女孩，她有一双清亮的眼睛，那么纯洁，闪着光。我什么也没说，低下头继续挖。最后，我将坑底的石头捡走，又在上面铺了一层柔软的草。

我爬出坑，提起袋子，轻轻地放到里面，又在上面覆盖了一层柔软的草，最后覆盖了一层又一层的土，都是柔软的土，所有石头都被挑出来了。

完成这一切后，我坐在旁边的草丛里休息。我想这只狗一定喜欢这个地方，总比我的床下好。那个小女孩走到我面前，安静地看着我。我又看到了她的眼睛，那么纯洁，闪着光。她转身而去，晃动着幼稚的背影。

这个时刻，我突然想到我的妈妈曾经也是这样的孩子，我曾经也是这样的孩子。我们都有一双清亮、纯真的眼睛，而我们现在变成了这个样子，变成了我们不喜欢的样子。

很多人也是这样。他们在这个世界上出生、长大，不断变幻着样子，他们是否喜欢现在的样子？我不知道，但我知道我不喜欢我现在的样子，妈妈也不喜欢她现在的样子。

然而，到底是什么让我们变成了现在的样子？有人说是命运，但命运是什么？为什么命运能决定这一切？为什么命运走到了我们的反面，让我们厌恶我们自己？为什么命运不能改变它自己，不再与我们对立，然后让我们喜欢我们自己，让我们有理由热爱这个世界？

我想知道这一切，但我不知道。我觉得知道这一切应该是一种能力，而我没有这种能力，所以也就不再想知道。

我站起来，拿起小铲子，就像拿起了我的童年。我的童年沉甸甸的，一头轻，一头重，一头快腐烂了，一头已经生锈。回到家里，我将小铲子挂在门后，也就是将我的童年挂在门后。它在那里安静地待着，没有人问候，也没有人关心。出门前，我从门后取下它的时候，已经锈迹斑斑，此时它是光亮的，但它又被我挂在这里，过段时间还会锈迹斑斑。

关于这只死去的狗，我觉得我已经做了一切。之后，我躺在床上，瞬间不想动。这张床像一片水，我在下沉。每当想起我躺在床上，我就觉得自己在下沉。我不想下沉，但我又不想起来，甚至失去了起来的想法。

在这张沉没之床上，我又做了一个梦。自从我发现自己不愿意说话之后，我的梦明显多了，我在梦里找到了一个自我表达的世界。有时候，这个世界不受我控制，但我觉得每当做梦的时候，我是存在的。

这是一个美好的梦，我梦到了这只狗小时候的样子。它的毛嫩黄、柔软，它的眼睛像那个小女孩的眼睛一样，清亮、纯洁。让我惊奇的是，我竟然将它抱起来，抱在怀里。这种感觉太温暖了，毛茸茸的，暖洋洋的。它在舔我的鼻子，舔我的嘴。

这时候，我有点窒息，然后剧烈地咳嗽，蜷缩着咳嗽。我被惊醒了，梦里的小狗没有了影子。我还在剧烈咳嗽，而且浑身发冷，牙齿打颤。

我意识到我病了，得了这个时代很多人都会得的病。很多人因为这种病死去，我不知道我能不能活下来，但我什么都不在乎，就想躺在这张沉没之床上，所有的一切与我无关，包括死亡。

我不知道什么是命运，也不知道我的命运为什么站在我的对立面，但我知道我要接受一切，无论这一切来自哪里，无论这一切是否公平，无论这一切是为了什么。我没有作恶的能力，也没有为善的能力，但我有接受一切的能力，包括死亡。

妈妈找了医生。这个医生认识我，因为我小时候见过他。他开了药，要求我不能走出这个房间，妈妈也不能进入这个房间。门上开了一个洞，传递东西，直到我康复。

我在这个房间待了大半年，每天昏昏欲睡，感受着体温的升高、降低，感受着剧烈咳嗽时身体的蜷缩。我觉得这个世界上只剩下我的身体。我看着这个身体，就像看着一个陌生人。有时候，我厌恶它，厌恶它所有的样子，但我必须承认我离不开它，所以只能接受它所有的样子。

日复一日，这个陌生人日渐让我感到惊奇，甚至有崇拜的感觉。它每天经受着折磨，却一如往常地活着。有时候，我觉得它不是我的身体；有时候，我清晰地意识到它就是我的身体。

当我意识到我有一个伟大身体的时候，我是平静的。这是一种不需要说出来的平静。我不需要说出来，我的身体也不需要我说出来。我们在沉默中相互注视，在沉默中相互安慰。

死亡来了。这是它第二次来到这个房间，第一次带走了那只狗，第二次要带走我。

我咳嗽得越来越厉害，经常躺在床上，弯着腰咳嗽，经常半夜醒来，满身是汗，经常一发烧就是三五天，浑身发冷，但我的身体没有同意死亡的要求。

这个时刻，我真正认识了我的身体，我也感受到了一种真正的存在，尽管不是绝对的存在，因为我不能完全控制我的身体，但这种存在是独特的、美妙的，而且属于我自己。

第二年夏天，我感受到了新生，呼吸越来越顺畅，身体力量越来越大。天气好的时候，我会在窗外的小路上慢慢走。以前，我不想走，但在此刻，我想在这条小路上走一走。

这段时间，我想了很多问题：一是我确信我不想说话，无论如何我都不想说话，不是因为我没话，而是因为不想说，什么也不想说；二是我对于这个世界缺少期待，不是说没有期待，而是我的期待没用，无论怎么努力都没用；三是我不知道以后会变成什么样子，我甚至不愿意想这个问题，或者说变成什么样子都可以，我更关心这个时刻我在做什么，但有时候连这个时刻也不关心。

我也不想这样，但又能怎么样？每当想到这些问题的时候，我会放弃，然后什么也不想。

我在这条小路上走的时候，听到两个人在说巴黎的法语。我转身看，两个穿着长款风衣的人走来，一男一女。

他们说这里与巴黎不一样，他们喜欢这片被征服的土地。

他们说在这里生活也不错，他们喜欢这片被征服的土地。

他们说不想回巴黎了，他们喜欢这片被征服的土地。

他们从我身边经过，留下迷人的香水味，像玫瑰花香。

我看着他们的背影，突然想到一个问题：我也是法国人，尽管我在异国他乡出生、成长，但谁也不能拒绝我是法国人，即使所有人拒绝我是法国人，我仍然是法国人。在异国他乡，我遇到了难以克服的困难，几乎到了绝路，所以我要去法国，去巴黎，去那个让我幻想的地方。

晚上，我将这个想法告诉了妈妈。她没有断然拒绝，也没有愉快地同意。我知道她是怎么想的，她不喜欢未知，却一直生活在未知中，所以对于突如其来的未知有些手足无措。

第二天，我将修路挣到的钱给妈妈留了一半，带走剩下的一半，在阿尔及尔码头买了一张去法国马赛的票，两小时后登上了开往马赛的船。

我要去法国寻找希望，哪怕这个希望很小，但没有希望的日子太苦了，被遗弃的日子太苦了，作为多余者的日子太苦了。在我失去语言能力之前，在我失去行为能力之前，在我失去思考能力之前，我要找到那个属于我的希望。

我的希望应该在法国，因为我是法国人。刚出生的时候，我不知道我会变成什么样子，但我不喜欢我现在的样子。我觉得法国能让我不同，让我发现一个不同的自己。

四

真诚的流浪

在马赛下船的时候，我的希望最饱满，像一个六七岁的孩子见到了远行归来的父亲一样。他本来觉得再也见不到父亲了，在自卑与煎熬中，有人告诉他，父亲正向他走来，只要一回头就能看到。他转过头，果然看到了父亲。他并不知道父亲长得什么样，但看到那个从远处走来的男人时，他确信那就是他的父亲。

然而，这个希望越饱满，就越虚幻，因为我从来不会见到我的父亲。

在马赛下船的时候，我就有这种感觉。这是错觉。但在那个时刻，我不知道这是错觉，更不知道我所幻想的法国正在摇晃，像我一样摇晃。在巴黎的大街上，包括香榭丽舍大街、圣日耳曼大街、亨利四世大街、玫瑰大街，几乎每个人都在等待，却不知道会等到什么。他们当然希望等到自己想看到的、听到的，但这是个奢望。他们忙碌着，让自己的希望尽快出现，又觉得做什么都没用，想什么也没用，最后只能被一种无形的力量推着往前走，或拖着往前走。他们想反抗，但要反抗什么？他们不知道。他们求助于道德，但道德消散了；他们求助于爱情，但爱情已经变得刻薄，有时候还会让他们伤痕累累。于是，他们求助于功利主义，努力赚钱，或投机取巧，又觉得自己会变得空虚、浅薄。所以，这种等待让他们迷惑，他们却不得不等待。当确定感消失后，什么都没用了。但在这个时刻，在一场翻天覆地的战争到来之前，确定感还没有完全消失，或者说他们不想承认确定感的消失，只承认被不确定感包围着。

我在马赛待了三天。这里的建筑对我而言一点都不陌生，与阿尔及尔的法国人区几乎一样；这里的法国人对我而言也不陌生，与阿尔及尔的法国人几乎一样。我唯一喜欢马赛的地方是晚上有很多睡觉的地方，在港口大厅里，在公园长凳上，在火车站候车室里，在豪华餐厅的门沿下。无论我在哪里睡，都没有人问候我，也没有人驱赶我。

这是我第一次来马赛，但我对马赛好像很熟悉，还因为我会唱《马赛曲》。

亚当曾经告诉我们，法国是一个革命国家，那里的每个人都做好了革命的准备，在恰当的时刻就会成为革命家，农民会成为革命家，工人会成为革命家，诗人会成为革命家，贵族也会成为革命家。一旦成为革命家，他们不知道自己能得到什么，他们可能得到很多，实现一个伟大的理想，也可能失去很多，包括自己的生命。但法国人不会考虑这么多，否则法国就不是一个不断革命的国家，也就不是现在的样子。

亚当曾经告诉我们，法国人要感谢革命，因为革命让法国人获得了一种非凡的力量，在困难中看到希望，在平静中看到动荡，在伪善的问候中看到锋利的刀枪。法国人已经看破了表象，进入一个无比深奥的国度。在这个国度里，没有什么是不可能的。作为法国人，这是值得骄傲的力量。

但亚当对英国人嗤之以鼻，说他们是强盗，一群不知廉耻的强盗，到处挑拨，到处抢夺，抢荷兰人，抢西班牙人，抢葡萄牙人，抢德国人，抢非洲土著人，抢南美土著人，抢北美土著人，抢澳大利亚土著人，抢新西兰土著人，当然也抢法国人。但英国人一点不觉得丢人，反而觉得一切名正言顺，就应该这样干。

当我来到马赛，站在这个革命之地的时候，我似乎感受到不一样的气氛，摇晃越来越浓密。

第四天早上，我决定走着去巴黎。我不知道走多久，但我知道要一路向北。我不知道我的身体能否承受得住，但我知道我没有那么多钱，我来法国也不是为了观光，而是为了证明我是法国人。而如何证明我是法国人？那就要了解这个国家，了解我父亲出生的地方、死去的地方。

第一天，我健步如飞，沿着一条土路，走了差不多十法里，直到腿累得抬不起来。傍晚时分，我决定在一棵大树下的长凳子上过夜。这里好像有人住过，树根处有一个背包，非常脏，但没有被遗弃，因为上面的油渍、汗渍在夕阳的照射下闪耀着光。

我太累了，不再管那么多，躺在长凳子上睡了。这是我在法国睡的第一个好觉。前几天，我有些担心，担心受到驱逐，担心受到抢劫，担心受到轻视，总之担心很多。但现在，我觉得这里是自由之地。我不知道能否用“自由”这个词，因为我到哪里都没人理会我，而不理会意味着我可以做我想做的。我不知道这算不算自由。

走了一整天，我决定什么也不想，躺下就睡，一直睡到第二天黎明，被树上的鸟吵醒。我睁开眼睛，看着这棵树，树枝间有很多我从未见过的鸟。

我又闭上眼睛，抬起手臂，用最大的力气伸了个懒腰，将睡意完全赶走。我扭头向树下看的时候，吓了一跳。一个衣着破旧的人在那里睡觉，蜷缩着身体，正对着我。我无法看清他的脸，因为他的头发很长，盖在脸上。

我瞬间坐起来，想起昨天看到的背包。他本来要在长凳上睡，有事离开，而我在这里睡了。他回来后，我已经睡去，所以没有打扰我。

过了一会儿，他醒了，坐起来，向后理了理头发。我看清了他的脸，估计四十多岁，长得像亚当。

他说他是从斯特拉斯堡来的，到处流浪，明天就能到马赛。

他说他有一个老父亲，八十多了，独自一人在斯特拉斯堡乡间，对此他一点都不担心。

他说他以前有一个温暖的家，但战争之后，妈妈去世了，他再也没有享受到家的温暖。

他说他参加过战争，由于眼睛残疾，所以不是正式兵，但挖过很多战壕，每天都卖力地挖。

他说他不知道是为了谁去挖战壕，即使挖得再好，也没有用，很多人藏在战壕里，还是会死掉。这些人死了，却不知道为了什么而死，甚至不知道自己是什么时候死的。

他说这是一场荒唐的战争，从上到下，谁都不知道是为了什么去战斗。有人说是为了上帝，上帝怎么会喜欢这样的场景？有人说是为了荣誉，谁又知道荣誉是什么？

他说离开战场后，没有回家，因为那个地方对于他已经失去意义。他的记忆里还有关于那个地方的回忆，但所有的回忆都失去了光彩。他宁愿将这些回忆忘掉，开启新生活。于是，他开始流浪，从北到南，从西到东。

他说他喜欢一个人的世界，不用看那些错到极致的大道理，不用听那些虚伪到极致的好言语。他经常饿肚子，但每次都不会饿死，因为在最后的时刻，他会遇到善意。这种善意不可预测，但总会出现，在最紧迫的时候出现。

他说这是他在流浪中获得的道理。之后，他将流浪看作伟大的事业，比那些在修道院里度过一生的人更接近真理，因为流浪的人将这个世界变成了虔诚的修道院。

我说我是来自阿尔及利亚的法国人，来法国是为了寻找法国。

他说像我这样的人才是真正的法国人，这里的法国人觉得自己不是法国人。

我说我是殖民主义的孩子，被殖民主义遗弃的人。

他说这才是真正的现代人，没有经历过殖民主义，没有看到殖民主义的结果，就不是完整的现代人。

我说我是战争的孩子，我的父亲在战争里死了，我从来没有见过我的父亲。

他说这是不可弥补的伤痕，可以忘记，无法消除，但不要因此而孤单，因为很多法国人像我一样，一辈子都在记忆与遗忘之间。

我说我爱我的妈妈，但我的妈妈失去了生活的希望，因为她觉得自己是被遗弃的人，也就是多余的人。

他说这是很多法国人的命运，他们不知道自己为什么来到这个世界，什么时候离开这个世界，但他们在这个世界上活着，至于活着是为了什么，他们知道一些道理，但仅仅是一些道理。

我说我不想成为多余的人，但我仍然是多余的人。

他说别跟这个问题较真，谁是多余的，谁不是多余的，仅仅是一种感觉。一个人看着自己的身体，从来不觉得自己是多余的；一个人看着这棵大树，从来不觉得自己是多余的。但如果他生活在谎言里，他不想接着谎言说下去，或者根本不想听到谎言，他才觉得自己是多余的。

他说他要走了，一定要在黎明的阳光里上路，看着自己的影子由长变短，由短变长。不然，他会觉得一天都没有意义，看到的没有意义，听到的也没有意义。

他说他不喜欢巨大的城市，因为巨大城市里的一切像一场戏剧，每个人都在表演。有的人是主角，有的人是配角，更多的人在跑龙套。有的人觉得自己是观众，可以任意观看，任意评判，但他们错了，在这场戏剧中，没有一个人是观众，不是主角就是配角，只是他们没有意识到。所以，他喜欢被荒草覆盖的土地，每当脚踩在土地上，他就觉得心满意足。

他说上一场战争刚刚结束，但他仿佛看到了下一场战争的迹象，因为上一场战争为下一场战争准备了所有条件。英国人获得了不该获得的东西，法国人失去了很多，但获得的很少，德国人觉得自己失去了最不该失去的东西，也就是尊严。所以，谁都无法阻止这场战争，就像无法阻止上一场战争一样。

他说即使有人希望消灭战争的根源，但谁有这样的能力？他们都不知道自己是谁，只会跟着没有来源的声音跑来跑去，结果连自己都跑丢了。他让我仔细看看法国的政治家，还有英国的政治家，他们谈论正义的时候气势高昂，但真正让他们做点有意义的事，他们像落汤鸡一样无助。

他说法国人要在德法边境上修一条防线，从南到北。这真是个笑话，天大的笑话，法国人从来没有这样自卑，从来没有这样无聊，从来没有这样脆弱。他擅长挖战壕，但绝不会参加，哪怕每天有丰盛的午餐，有波尔多葡萄酒，以及古老的康塔尔奶酪，他也不参加，因为他不想活成一个笑话。

他说在法国，这样的笑话还有很多。他听到了很多，也笑了很多次。现在，他一个也不想听到，即使不小心听到一个，也不会笑，因为一旦笑了，无论是真诚的笑，还是虚伪的笑，都会成为笑话的一部分。他厌恶这样的自己。

他说拿破仑之后，法国人只有在梦中才能看到真正的法国，让他们感到自豪的法国。

说完之后，他回到睡觉的地方，将地上湿漉漉的毯子收起来，塞到脏兮兮的包里。阳光照耀着这个包，包上的油渍、汗渍闪闪发光。

我还不知道他的名字，他就走了，阳光照在他身上，地上有一个长长的影子。

从小到大，我从来没有听到有人这样谈论法国。在阿尔及尔生活的法国人，包括法国人区的法国人，他们从来不会这样谈论法国。他们觉得法国是伟大的国家，无可匹敌的国家，哪怕失败了也闪耀着让人着迷的光。这种光一定会照在他们身上，所以他们有理由骄傲地活着。

我坐在长凳子上，看着他的背影慢慢变小，慢慢消失。我和他之间，这是仅有的相遇，只有一次。我与很多人这样相遇，他与很多人也这样相遇，每个人与很多人都这样相遇。每当一个陌生人站在我面前，告诉我这个世界的道理，我觉得这个世界的一切消失了；当他离开后，消失的一切又会复原。

我整理了行李，背在身上，一路向北。之前，在阿尔及尔折磨我的懒散好像还在，时刻会苏醒，以各种方式将我压垮，例如躺在长凳子上一动不动，或者走路的时候陷入迷惑，变成一个没有目标的游魂。

我知道这里不是阿尔及尔，这里是法国。以前，我的确是没有自我的人，惊慌失措的人。但在法国，我觉得我会找到自我，然后变得冷静、深刻、温暖。法国应该有这种力量。我耸了耸肩，背紧行李，沿着荒草中间的小路，一路向北。

天快黑的时候，我看到一个小村子，有三十多户人家，几乎都是红色房顶，灰色石墙。我不知道在哪里度过这个夜晚，但我知道应该在这里停下来，因为我太累了，实在走不动了。

一个七十多岁的老妇人站在村前，看着我一路走来。我在远处的时候，她有些兴奋，甚至踮起脚看，唯恐看不清。我走近的时候，看到她在一瞬间失望了。那是一种我从未见过的失望。我的妈妈经常失望，也从未这样失望。

这个老妇人是因为什么而失望？我不知道，我也不想知道。我从她身边走过，希望找个干净的地方，度过这个夜晚。

我刚走过的时候，她喊住了我，问我从哪里来，到哪里去。

我说我是阿尔及尔的法国人，经过这里，是为了去巴黎。

她说我是从远方来的人，一路风餐露宿，这样的人受到宙斯的保护。

她说如果我不嫌弃，可以到她家里过夜。

我有些难为情，甚至有些惊慌，不知道怎么办。

她说家里只有她一个人，她的丈夫十多年前去世了，大儿子二十多年前去了美国，从此没有音讯。

她说她还有个小儿子，前些年死在战场上，被德国人的炮弹击中，瞬间就没了生命。

她说这个瞬间有时候让她感到安慰，因为没有受太多苦，突然就到了另一个世界。但让她难过的是，他是在战争的最后时刻才死去的，差不多是战争结束前的一星期。她本来以为他会熬到战争结束，然后背着行李站在家门口。

她说这个场景她想了无数次，小儿子回来的时候，她在睡觉，或在准备晚餐，或刚刚从羊圈里出来，但这些场景一个都没出现。

一天傍晚，她收到一封战亡通知书。一个新世界突然向她展开。在这个世界里，她是一个孤零零的人，不再有任何牵挂，也不再有任何幻想。

她说她在这个世界的一个角落看到了一个缺口，她走向这个缺口，向外面望去。那里又是一个世界，一个让她恐惧又陌生的世界，她知道有一天她也会去到那个世界。现在，她每天祈祷，希望在那个新世界里见到自己的丈夫，见到自己的儿子，哪怕见一面也行。她从来没有像现在一样相信上帝，除了这个要求之外，她不会向上帝提出任何要求。

她说她已经知道了一切，但仍然在等待着奇迹，因为上帝也有打瞌睡的时候。所以，做饭的时候，她会等；早上醒来的时候，她会等。有时候，她会在家里等；有时候，她会在门外等。刚才，她站在门外，远远地看到我的时候，真以为奇迹发生了。可是，当她看清了我的脸，她的失望是说不出来的。

之后，她领我走进她的家里，房子两层高，青石头筑成的墙，木头窗户，上面是红色的瓦。一楼客厅里点着蜡烛，我们坐下的时候，烛火差点被我们带起的风吹灭。之后，她打开一个柜子，拿出一个盒子，盒子里有二十多封信，有的信保存得很好，有的信像在泥水里泡过。

她说这些信都是小儿子寄回来的，有的信是在下雨的时候写的，壕沟里没有躲雨的地方，所以看起来不像样子，但她更加珍惜。

她拿出其中的一封，也是最后的一封，小儿子说战争快结束了，一个月内就会结束，实际上一个星期后就结束了。但第二天，德国人向他们大肆开炮，死神在炮火中降临，带走了很多生命。

她一直不明白的是，德国人怎么就不想一想，一个快七十多岁的妈妈一直在等她的儿子，他还年轻，从来没有做过伤害其他人的事，他们就向他开炮。

她向我讲述这一切的时候，十分平静，没有任何波澜。但我知道，这是经过时间反复侵蚀的情感，尽管没有波澜，但悲伤的底色是清晰的，只是她不再用悲伤的话说出来。

之后，她给我烤了三个面包，夹了附近教堂制作的奶酪。我向她表达感谢，然后吃起来。

她在旁边看着，只说了一句话，大意是她已经尝不出味道了，但她确定的是，这种奶酪的味道与之前一样，没有变。

我在客厅里睡了一夜，第二天黎明时分醒来。在阿尔及尔的时候，我几乎没有在黎明时分醒过，到了中午还昏昏欲睡。但在法国，我变了一个人，或者说我像个人了。

临走前，她送给我十个面包，还有两块奶酪。她说奶酪里有法国的精神，吃一口就能感觉到。她仍然站在那个地方，看着我一步步走远。

在这个时刻，我不想离开，我想多陪一陪这个无依无靠的老人。但我又知道，我应该尊重每个人的命运，既尊重我的命运，也尊重她的命运。即使这不是我们应该得到的，也要尊重。

我就这样走了一个多月，炎热的夏季结束了，晚上的风一天比一天凉。经过里昂后，我沿着罗讷河一路向北。这里的葡萄好像比树叶还要多，这里的葡萄酒好像比水还要多。罗讷河两边都是熟透的葡萄，一望无际。

河边的高地上有一个古老的城堡，我一步一步走近。一个中年男人站在篱笆旁边，身上背着篮子，右手握着剪刀，一脸汗水，眼神疲惫，头发里有几片葡萄叶子。

他问我，是不是来摘葡萄的?

我没有承认，也没有否认。

他将一个篮子扔到我面前，让我将行李放在地上，背起篮子，跟着他摘葡萄。我跟在他身后，到了葡萄园的深处。

到处是熟透的白葡萄，我口渴了，所以吃了一串，不是很甜，但足够解渴。我从篮子里找到剪刀，右手剪，左手将葡萄放到篮子里，等篮子满了，就背到葡萄园中间的一条小路上。那里有一辆马车。我觉得那匹马有些可怜，它的嘴被封住了，一根草也吃不到。

我从中午干到傍晚，累得腰酸背痛，但晚餐足够丰盛，有长棍面包，有奶酪，有风干肉，还有白葡萄酒——喝不完的白葡萄酒。在这里摘葡萄的有十多个人，每个人都喝多了，我也喝多了，眼神迷糊，走路的时候摇摇晃晃。

这是一群穷苦人，从他们的面容可以看出来，黑黝黝、皱巴巴的皮肤，但他们笑起来很好看，真诚、纯粹，与阿尔及尔法国人区里的法国人不一样，他们说自己是纯正的法国人，但我觉得这些人才是纯正的法国人。他们知道我是从阿尔及尔来的，于是逐一与我拥抱，像迎接一个老朋友。

返回阿尔及尔后，我回顾了在法国的几年，我觉得葡萄园里的一个多月是我最开心的时光，我仿佛找到了活着的意义，也找到了我是法国人的证据。我每天忙忙碌碌，每天累得直不起腰，不得不躺在地上，看着蓝蓝的天，但每天都很充实，尤其是晚上与这群人喝足了葡萄酒之后，迷迷糊糊，我觉得这是最好的日子。一个人只要经历过这样的日子，就不会觉得还有比这更好的日子。

天气一天比一天冷，葡萄枝子上的葡萄一天比一天少。最后几天，我们背着篮子，巡视整个葡萄园，然后一切结束了，至少今年的工作结束了。最后一天中午，一个戴着破旧礼帽的男人过来，结算工钱，每天 10 法郎。我得到了一笔意外之财，因为我从没想到在路上还能赚点钱。

我们相互告别，每个人有自己的方向。他们背起包，向着不同的方向走去。明年葡萄成熟的时候，我们可能还会再见，也可能永远不会再见。这个世界很大，每个人的方向让这个世界更大。

之后，我收拾了行李，沿着罗讷河，朝着巴黎的方向，一路向北。我走走停停，还是因为那个老毛病，尤其是遇到困难的时候，我不想动，躺着的时候不想起来，坐着的时候不想躺下，闭着眼睛的时候不想睁开。

罗讷河逐渐向东北方向流去，而我仍然沿着河的方向走。我知道我会到达瑞士，但我不想离开这条河，就像离开后会失去方向一样。在一个多勒的小城市，我终于明白过来，我应该离开河的方向，一路向西北。达到第戎后，我决定在这里休息几天。

我走进第戎老城区。一个老人坐在街边的长凳子上，看着我走过来，又走过去。我的头发很长，如果从近处闻，能闻到阿尔及尔的气息，也能闻到葡萄园的气息、罗讷河的气息。我的衣服看起来很破，有很多泥土，我一直穿着，做什么都穿着，在路边睡觉的时候，摘葡萄的时候，去河边取水的时候，我都穿着。他看着我，一定好奇我是从哪里来的，要到哪里去。但我喜欢我的衣服，所以他的疑问就像风一样消失不见。

晚上，我决定在第戎科学院的廊檐下睡觉。这是一个古老的建筑，黄色的墙变成了黑色的墙，被风吹得凹凸不平，或被雨水冲得凹凸不平。冬天来了，一天比一天冷，我将包里所有保暖的东西拿出来，垫着或盖着，倒头就睡。

半夜时分，我被一群士兵吵醒了，他们排成三列，奔跑着从我身边经过。我醒了，但我以为我还在睡觉，所以我以为这是一个梦。

在梦中，我来到了战场，来到父亲战斗的地方。我看着这群士兵，从里面寻找一个与我父亲一样的人。我不知道我的父亲变成了什么样子，但妈妈告诉过我，我长得跟父亲一样，所以我就在士兵里寻找与我一样的人。但他们跑得很快，留下的全是背影，于是我又寻找与我的背影一样的人。很快，这群士兵消失了，只留下脚步声，在空荡的街道上响着，越来越模糊。

脚步声完全消失之后，我不再稀里糊涂，我知道这不是梦，这是现实。我要感谢这群士兵。如果不是他们经过，我可能会在这里冻死。空气湿漉漉的，而且很凉。我换了一个地方，在这个古老建筑的排风口附近。那里的空气是温暖的，而且干燥。

我重新躺下的时候，突然想到一个问题，我在哪里？阿尔及尔离我很远，巴黎离我很远，第戎离我很近，但第戎是什么地方？我为什么来这个地方？

第二天，我离开了第戎，一路向西。走了八天或十天，前面出现了一个坚固的城堡，一个穿着古式长袍的人在城堡边走来走去，我问他这是什么地方？

他说这是文森城堡，以前是监狱，关押过很多人，他最喜欢的是萨德。

我问萨德是谁？

他说是一个真正的贵族，真正了解法国的贵族，也是真正的法国人。

我问他为什么穿古代的衣服？

他说他是高贵的流浪汉，法国流浪精神的传承者。

他说他的父亲就是流浪汉，在流浪中认识了他的妈妈，然后生下了他。他没有见过他的父亲，但妈妈说他的父亲是高贵的流浪汉。

他说他不是现代流浪汉，而是古代流浪汉。

他说一个人在自己的时代流浪，多没意思，所以他穿了一身古代衣服，说着莫里哀风格的法语，听起来十分简洁，又有些啰嗦，总之，他要与这个时代拉开距离。

他说他喜欢别人看着他的眼光，那是一种看着古物的眼光。

他说他不喜欢这个时代，仿佛一切在变化，一切不可捉摸，而他喜欢安宁，所以要离开这个时代。

他站在我的面前，离我很近，又离我很远。他的声音好像从古代传来，他的眼光好像也是从古代传来。

我问他巴黎在哪里？

他指着西边的一处森林，过了森林就是。

我知道我的愿望就要实现了。

我沿着文森大道一路向前，看到了一个广场。广场中央有巨大的铜雕像，一个女人，或女神，站在铜马车上，两头狮子在前面拉着。她看起来那么优雅、从容，与我想象的法国女性一样。

有人告诉我这是民族广场。

这是我第一次在法国听到“民族”这个词，我觉得我需要这个词，就像这个广场需要这个雕像一样。我一直在寻找法国，而法国不是一个地方，而是一种感觉。这是一种什么样的感觉，或者说哪个词能表达这种感觉？我觉得是“民族”。对于法国人来说，上帝已经消失，国王已经消失，关于神圣的一切已经消失，他们还能从哪里获得超越一切的安慰？我觉得是“民族”。

很多街道在这里汇合，很多目的从这里出发，很多人从我面前经过，奔向他们的目的。我随便选择了一条街，圣安东奈大街，然后向前走。

一个全新的世界向我展开，确切地说，是一个古老又全新的世界向我展开。街边都是古老的建筑，而我是第一次看见这些建筑，所以感到无限的新奇。

在阿尔及尔的时候，有人告诉我法国人区就是巴黎，到了法国人区就是到了巴黎。他们在说谎。当我看到真正的巴黎后，我觉得这个谎言太浅薄了，让阿尔及尔不再是阿尔及尔，同时又污损了巴黎。而他们制造了这个谎言，还信以为真。

圣安东奈大街的尽头是巴士底广场。以前，亚当多次提到这个广场，他不明白的是，法国人用革命打碎了巴士底狱，为什么还要用这个名字，而不用“反巴士底”，或其他的名字？法国人用革命打碎了旧制度，为什么通向巴士底广场的是亨利四世大街？亨利四世是旧制度的奠基者，为什么他的名字又出现了？

但我喜欢这样的广场，很多路在这里汇集，很多目的从这里出发。这是一种无限的感觉。法国人在阿尔及尔大兴土木，但无法复制这种感觉。尽管他们不承认自己的失败，尽管他们用高傲的眼神掩盖自己的失败，但最终无法掩饰。阿尔及尔一团糟，谁都看在眼里，记在心里。

我绕着巴士底广场转了一圈又一圈，中间柱子上有一个金色的女人雕像。我可以说她代表了一切，自由、平等、博爱、高贵、优雅、希望，我也可以说这一切已经在法国遍地开花。这是我的想象，因为我没有看到，也没有感受到。但我喜欢从这里经过的雪铁龙汽车，与阿尔及尔街头的几乎一样，喷着馥郁的尾气飞奔着。我不用跟在后面，就能闻个够。

我不知道走哪条路，因为每条路都通向一个未知的世界，一个让我向往的世界。我可能在这个世界里迷失，也可能在这个世界里找到我想要的东西。

然而，我想要什么呢？一个被遗弃的法国人的身份？我身上已经有很多法国人的身份，我说的是法语，尽管有阿尔及尔口音，但毕竟是法语。我的行为看起来像法国人，尤其是作为流浪汉的形象。我喜欢流浪，因为在流浪中，我能得到我想要的一切。我想意大利人不是这样的，荷兰人也不是这样的。

既然如此，我还想要什么？想要知道我为什么是法国人？想要知道一个法国人为什么变成了这个样子？一个漂泊的法国人变成了这个样子，那些不漂泊的法国人是喜欢这个样子，还是不喜欢这个样子？

夜色已至，我选择了亨利四世大街，一条让亚当迷惑的大街，在革命的源头，一个旧象征复活了。我缓慢地走着，前面有一座古老的桥，桥下是塞纳河，右边是巴黎圣母院。我决定在圣母院前的树下度过这个夜晚，那里有一个长凳子。

这是我到达巴黎的第一个夜晚，我要珍惜这个夜晚，所以应该在圣母院前睡觉。如果上帝还在的话，他一定能看到我，一定能感受到一个被遗弃的心灵。

第二天黎明时分，我醒了，被雪铁龙汽车的声音吵醒了，轮胎在石块路上碾过，长凳子被震得嗡嗡响。我站起来，又看了看圣母院，然后漫无目的地走。

经过一个商店时，我看到了一条围巾。我之所以被它吸引，是因为上面有三种明亮的颜色，红、白、蓝。我站在玻璃橱窗前，一直看着。我走进去的时候，卖货的人直接将围巾拿出来，放在我的面前。但她犯了一个错误，我要用钱买下来，而不是要求她送给我，尽管她做好了送给我的准备。

我将围巾戴在脖子上，一种强烈的对比出现了。我必须承认这种对比既让别人惊奇，也让我惊奇。我的衣服太脏了，太破了，我的头发太长了，太乱了。唯一能配得上这条围巾的是我的眼睛。我在圣母院前睡了一个好觉，眼睛看起来闪闪发光。

我感谢了这个女人。在巴黎，这是我第一次与人说话，学着巴黎人的腔调："谢谢夫人，再见。"

之后，我在大街上走，仍然漫无目的地走，从圣日耳曼大街转向贝尔纳丹大街，从贝尔纳丹大街转向学院街，从学院街又回到圣日耳曼大街，然后一直向前走。我已经失去方向，因为巴黎的街道没有方向。

在一个小广场附近，我决定休息一会儿，于是坐在花神咖啡馆前的台阶上。我觉得真正成为法国人之前，我还不能坐在咖啡馆的椅子上。

在花神咖啡馆里喝咖啡、吃早点的人很多，吃完后，他们在这里聊天，什么都聊，聊马其诺防线的修建情况，聊德国工业的进步，聊英国佬的计划，聊法国人如何从战争里恢复尊严，聊罗曼·罗兰的苏联之行，聊巴黎郊区孤儿院的秘闻。我在阿尔及尔从来没有听到这些话，所以对一切充满了好奇。

当然，他们对我也充满了好奇，一条崭新的红白蓝围巾围在一个破落流浪汉的脖子上。所以，我成了花神咖啡馆最耀眼的明星，似乎每个人都看着我，说话的时候，喝咖啡的时候，吃面包的时候。无论他们的话题与我多么无关，他们都在看我。

一个与我父亲几乎同样年龄的人从我面前经过。他的手里拿着一张纸，纸上写着三行字：

请给我一点钱。

我刚从监狱出来。

我参加过战争。

在这一刻，我被震惊了。他从远处走来，向着这么多人走来，但我觉得他是向着我走来。在生命意义上，他不是我的父亲，但除此以外，他是我的父亲。我突然意识到，我来法国，首先是为了寻找我的父亲，然后是为了寻找法国。

我招呼他过来，掏出我在葡萄园摘葡萄时挣的钱，取出 10 法郎，放在他手里。他应该十分感激，所以说出了感激的话，“上帝保佑你”。他转身离去，我看着他的背影，直到他在匆匆忙忙的人群中消失。

在他的背影消失的地方，我看到了一个画家，坐在街边，支开画架，画下眼前的一切。那个从监狱里出来的人经过的时候，他看到了一个背影，然后在画的右侧增加了这个背影。迎面而来的是无数的脸，在脸的缝隙中出现了一个灰色的、匆促而行的背影。

我站起来，背起脏兮兮的包，走到画家身边。这是我在巴黎第一次向人提出要求，我要求他将我画进去。

他扭过头，看着我，手中的笔悬在那里，问我画在哪个地方。

我说画在人行道与行车道的中间。

我走到他前面，坐在人行道与行车道中间的台阶上。前面是一辆又一辆疾驰而过的雪铁龙汽车，后面是匆匆忙忙的行人。

我告诉他要如实地画下来：破烂的衣服、脏乱的头发，还有一条鲜亮的红白蓝围巾。

这是一幅印象派风格的画。他本来使用的是暗色调，建筑是土黄色的，人群是浅灰色的，我也是浅灰色的，唯有那条围巾是鲜亮的。

回到阿尔及尔之后，我意识到这是我在巴黎唯一的存在。巴黎是一个花花绿绿的世界，轰轰烈烈的世界，黑白交错的世界，又是无限深奥、无限浅薄的世界。这里的一切在变化，这里的一切在流动。我来到这个世界，但只在一幅画里留下了我的身影。看到这幅画的人一定会注意到这个人，因为只有他坐着，脖子上有条红白蓝围巾。

回到阿尔及尔之后，我还做了一个梦，梦里出现了这幅画。很多人在看这幅画，我也在看，但没有人知道我是谁，也没有人在意那个戴围巾的人是谁。在那个时刻，我才意识到这是我与法国的关系。我无法拒绝这种关系，也无法证明这种关系。

之后的几个月，夏天到来前，我一直在巴黎的大街小巷中流浪。有时候，我不觉得我是流浪汉，因为我有正大光明的目的，但其他人觉得我是地地道道的流浪汉，没有任何目的。尽管我戴着红白蓝围巾，尽管为了让围巾看起来干净一些，我在塞纳河里洗过几次，其他人仍然觉得我是一个没有目的的流浪汉。

一个来自敦刻尔克的流浪汉与我一见如故。他个子很小，只到我的肩膀，四十多岁了，看起来依然年轻，像我一样年轻。初次见面的时候，他穿了四条裤子，因为天很冷，他将所有的裤子穿在身上，一层套一层。他看到我比他活得还艰难，所以要给我一些钱。他在裤子的口袋里找，第一层裤子里没有，于是脱下第一层裤子，第二层裤子里没有，于是脱下第二层裤子，第三层裤子里没有，最后从最里面的裤子里，他摸出了 20 法郎。他说这是他所有的钱，全部送给我，因为他不需要钱。

拒绝钱财是流浪的最高境界，因为拒绝钱财意味着接受了生命的各种可能，而接受了各种可能才是自由自在的流浪，无牵无挂的流浪，无所顾忌的流浪。无论死在流浪的路上，还是死在路边的美梦里，都是对真正流浪汉的最高礼遇。

一个早晨，他说他要到地中海边晒太阳，于是背起包，向我挥了挥手，走了。在远处，他回头看了看，又向我挥了挥手。之后，我不再关心别人是否将我当成流浪汉，因为这个问题根本不重要。

我喜欢在先贤祠南侧的路上睡觉，路边有通风口，从里面出来的气流很温暖。每当夜幕降临，我就躺在那里，一点也不冷。

一天晚上，我已经睡了一觉，被一辆高速行驶的汽车吵醒了，坐起来发愣。一个五十多岁的流浪汉从我这里经过。他手里提着两瓶酒，一句话没说，坐在我身边，送给我一瓶。

他说这是苦艾酒，比葡萄酒有劲多了，足以让酒神狄俄尼索斯着迷。

我从未喝过苦艾酒，也没有听说过。我看着他仰起头，喝了一大口，声音变得更加热烈。

他说他是从萨尔佩特里医院逃出来的。

我不知道萨尔佩特里医院在哪里，我也不知道他为什么去那里，为什么又逃出来。

我仰起头，喝了一口苦艾酒，太刺激了，眼泪都出来了，我从没有喝过这样浓烈的酒。

他说萨尔佩特里医院是对付精神病人的地方，别人把他当成精神病人，所以将他送到那里。

他说他没有精神病，只是在索姆河战场上被毒气熏了。所有的人都说那是德国人的毒气，但也有人说那是法国人的毒气，因为放毒气的时候，风向变了，很多人被熏死。

他说毒气之后是猛烈的炮击，没有被毒气熏死的，也会被炮火粉碎，至少是震晕。他没有被熏死，也没有被粉碎，他活下来了，但从此之后害怕人群，不敢走到人群中，所以白天睡觉，晚上出来。有段时间，他晚上也不敢出来，整天躲在屋子里，睡觉的时候大喊大叫，于是被送到了医院。

他说他根本没有精神病，只是缺少温暖，缺少稳定感。

他说医生当然希望接收像他这样健康的人。可是，一个人被怀疑患了精神病，就失去了辩解的能力。他否认自己有精神病，别人以为这是精神病的症状。如果他改口说自己有精神病，这更是精神病的症状。所以，他被送到那里的时候，就知道这个世界只剩下他一个人了，所有人都会怀疑他，也会疏远他。

在医院的几个月，他从头到尾没有为自己辩解，医生说什么他就听什么。他在等待机会逃走，然后就逃走了。

他说坐在这里喝酒，是证明他没有精神病的最好方式，谁能说一个坐在温暖的地方、愉快喝酒的人有精神病?

说到这里，他仰头喝了一口苦艾酒，然后看看酒瓶子，还有小半瓶。

他说一个人混到这个地步，最好的生活是流浪。流浪汉就是局外人，无依无靠，无牵无挂。

他说不是他没有依靠，也不是他没有牵挂，但谁会相信他有依靠，他有牵挂?

他的确没有依靠，也没有牵挂。他的父亲、母亲，还有孩子，都在战争里死了。他们坐着马车，逃往西部，但一颗炮弹正好落在马车上。那时候，他还在索姆河战场，他说，这种感觉谁能懂啊?

说到这里，他又仰头喝了一口苦艾酒。

我无法回避这种感觉的冲击，也仰头喝了一口。当我咽下去的时候，酒竟然变甜了，是一种清香的味道。我有些晕，眼神迷离。我看着他的脸，有时候模糊，有时候清晰。

他说我们不是被遗弃的人，因为这是我们的选择，既是唯一的选择，也是伟大的选择。对于这样的人，法国的道德和法律都失效了。他们不属于道德和法律的审判范围，他们属于自然法，属于最高的正义，也是最后的正义。只要一个生命没有伤害其他生命，他就有权利在这个世界上活着，以任何方式活着。

他说懂得这个道理之后，他去了巴黎歌剧院。晚上的戏散了，他安静地站在门前，看着无数人走出来，穿着礼服或长裙，优雅地从他面前经过，香气四溢。他看着他们的眼睛，就像看着一群热热闹闹的小孩。他没有说他们浅薄，也没有说从虚假中获得的欢乐不好，但他不需要这样的欢乐。

他说懂得这个道理之后，这个世界已完全向他展开，而且是毫无保留地展开。他了解了这个世界的一切，无论是光明的，还是黑暗的，无论是虚假的，还是真实的，在他的眼里就像日出日落一样平常。

他说这是法国人的基本素养。

他的酒已经喝光，他的话开始颠三倒四，他努力睁着眼睛，努力保持着深奥的腔调。

他说小时候喜欢在家读书。他的父母是农民，却为他准备了一个图书馆。

他说拉伯雷读了无数遍，蒙田读了无数遍，卢梭读了无数遍，雨果读了无数遍，巴尔扎克也读了无数遍，因为他喜欢这些人，当然也因为家里只有这些书。

他说有时候他觉得理解法国，有时候又觉得不理解法国。有时候，他觉得这个世界上只有一个法国，有时候又觉得有两个法国，一个法国是可见的，一个法国是不可见的。可见的法国是一个骗局，不可见的法国才是真正的法国。

他说法国是革命之地，一次又一次的革命，国王被打倒了，教士被打倒了，贵族被打倒了，资产阶级被打倒了，最后国王回来了，教士回来了，贵族回来了，资产阶级也回来了。革命的确粉碎了一切，这些被粉碎的最后又复原了。

他说法国有十几部宪法，1789 年《人权宣言》、1791 年宪法、

1793 年宪法、1795 年宪法、1799 年宪法、1802 年宪法、1803 年宪法决议案、1814 年《钦定宪章》、1830 年七月王朝宪章、1848 年宪法、1852 年宪法、1875 年宪法。以后，法国可能还会制定新宪法，但又有什么用？

尽管如此，他说他喜欢巴黎，不是因为这个城市让他感到温暖，而是因为这个城市让他感到神秘。在这里，富人可以隐藏自己的身份，但穷人永远是穷人。

他问我，是否知道巴黎为什么神秘？

我不知道，所以没有回答，然后在他的注视中喝了一口苦艾酒。我觉得几乎是在喝蜂蜜，甜甜的，所以又仰头喝了一口。

他说巴黎神秘得像一块石头，最坚硬的石头。谁都不知道里面有什么东西，外面的人不知道里面有什么东西，里面的人也不知道有什么东西。有的人喜欢这块石头，想方设法闯进去。有的人在里面待够了，想方设法要出来。他们想尽办法，但一无所获。在他们失望的时候，有人告诉他们，这就是巴黎，他们做的一切属于巴黎，他们说的一切属于巴黎，他们想的一切也属于巴黎。他们可能会迷惑，有人又告诉他们，迷惑就是巴黎，巴黎就是迷惑。

他说我们热爱巴黎，才愿意在这里流浪，整个巴黎会向我们展开，无论白天还是夜晚，无论确定的还是不确定的，无论神秘的还是不神秘的，一切都会向我们展开。

在深夜的街头，他摇摇晃晃地站起来，向我挥了挥手，摇摇晃晃地走了。他不知道我从哪里来，也不知道我到哪里去。我不知道他从哪里来，也不知道他到哪里去。我只知道他刚刚坐在这里，目不转睛地看着我，与我一块喝过苦艾酒。

这是一个流浪汉的自我修养，不要关心过去，不要关心未来，只关心属于自己的这个时刻。这个时刻很短，消失得也很快，但这个时刻才是自己的一切。

我看着他离开的影子，知道了这个道理。此前，敦刻尔克的流浪汉告诉我放弃钱财是流浪的最高境界，我承认他是对的，但我想到的这个道理可能更重要。

第二天早上，我被来来往往的人吵醒了。我还躺在路边，费力地睁开眼睛，看着抬起又落下的脚，有的走得快，有的走得慢。我又闭上眼睛，因为我的头很疼。我多次喝醉过，但这一次头痛欲裂。我喝的是苦艾酒，一种让人幻想的酒，一种让人迷失的酒。

在喝醉的时刻，我觉得整个世界变纯洁了，巴黎像一首优美的诗，在我面前缓缓落下，第一句让我兴奋，第二句让我惊奇，第三句让我疑惑，第四句让我感叹，第五句让我爱怜，第六句让我悔恨，第七句让我恍惚，第八句让我悲伤，第九句让我失望，第十句让我皈依……最后一句让我深刻，我却变成了虚无。

酒醒后，这首诗支离破碎，整个巴黎也支离破碎。我想将这些碎片拼起来，复原消失的一切，但我无能为力，因为我本来就不知道巴黎的样子。

我十分口渴，嘴里像刚烘干的面包一样。我坐起来，看着远处走来一群人，一个人手里拿着水杯。等他走近，我指了指我的嘴唇，又指了指旁边的空酒瓶子。他瞬间明白，在空酒瓶子里倒满水。那是温暖的水，我看到细腻的水蒸气向上飞腾，然后被我的呼吸吹散。

我四处游荡，像一个轻飘飘的灵魂。我之所以觉得我是个灵魂，是因为我的身体是不可见的。不是因为我看不见我的身体，而是因为别人看不见我的身体。无论我走到哪里，没有人觉察到我，也没有人觉察到我的红白蓝围巾。

我走进了卢森堡公园。平心而论，这里非常优美，优美的树，优美的草，优美的水，优美的凳子，优美的沙子，但我觉得一切索然无味。我躺在水边的沙地上，看着水里游荡的鸭子，听着两个男人讨论一个非常重要的问题。其中一个人刚从德国回来，他说德国人又开始武装了，要打碎其他欧洲人对他们的侮辱。另一个人说他喜欢听德国人这样说，但这仅仅是他们的感觉，如果什么都不想，也就没有什么屈辱。他要把这个想法写出来，在报纸上发表，告诉德国人什么都不要想。

这是我第一次厌恶巴黎腔的法语，听起来振振有词，但没什么用。之后，这种厌恶感一直在变大，但即使变得很大，又有什么用？

我还在寻找法国，在巴黎寻找法国。但这样下去，十年也找不到，因为在这里，我还是一个多余的人、被遗弃的人。对于这样的人，巴黎永远是一块最坚硬的石头，就像那个从萨尔佩特里医院逃出来的人说的一样。

但我又能怎么办？只能继续流浪，从大街转向小路，从小路转向草地，从草地转向树林，然后在树林里睡了一觉。

醒来后，我躺在地上，闭着眼睛，不停地思考。我来巴黎已经半年多，对于这个城市十分熟悉，却经常被它排斥。有时候，我觉得这仅仅是我的感觉，一种转瞬即逝的感觉。但这种感觉反复出现，每次出现都会加重多余的感觉，每次消失又会扯走熟悉的感觉。

所以，面对巴黎，我觉得越来越陌生，有时候甚至比阿尔及尔还要陌生。我在阿尔及尔出生、长大，但我觉得那里不是我的家。我从小没有家的印象，哪怕是与妈妈坐在客厅里，相互看着，我也不知道家是什么。

第一次走在亨利四世大街的时候，我觉得流浪是我的命运，我生下来就应该流浪，不能被固定的东西限制，而家是固定的东西，所以我要放弃对于家的所有想象。在这个时刻，我放弃了这种想象，我又得到了什么？

我熟悉巴黎的一切，哪条路上有棵被蹭掉皮的梧桐，哪条路上有辆废弃的雪铁龙汽车，哪条路在夜幕中是流浪汉的乐园，这些我都知道。我去过巴黎的老路灯街，一个叫奈瓦尔的疯子诗人在路边吊死了。我还去过拉雪兹公墓，站在巴尔扎克的铜像前，看了又看。我觉得只有理解了巴尔扎克，才能理解法国……我熟悉巴黎的一切，又有什么用？

我睁开眼睛的时候，太阳在天上照着，头发几乎被汗水湿透。我坐起来，看到了一个袋子，袋子里有三个面包，还有一瓶牛奶。

我经常遇到这种情况。开始的时候，我感谢善良的巴黎人，我也曾梦想成为巴黎人，至少成为法国人。现在，我已经放弃这个梦想。我不否认巴黎有很多善良人，从古到今都是如此，他们是法国精神的根基，拯救了无数流浪的诗人、作家、科学家，也无数次拯救了我，但他们总是离我远远的。

我的胃有些疼，所以没有吃面包，只喝了点牛奶。我将手伸进旁边的水里，理了理长长的头发。即使没有镜子，我也足够精神。然后，我站起来，在一个小女孩的注视下站起来。她跟在爸爸身边，握着爸爸的手，一边走一边看着我。我想她是幸福的，也是惊奇的。他们走过我身边的时候，我向小女孩眨了眨眼睛，她有些害羞，赶紧低下头。

我走出了卢森堡公园。在孔德路与圣米歇尔大街的拐角处，我看到了一个招募启事。巴黎郊区有个孤儿院，招募有爱心的人，身体健康，有良好的文化素养，而且心中要有高贵的爱、无私的爱、深沉的爱，最好能长期工作。

在街上游荡时，我看到了很多招募启事，洗碗工、机床工、清洁工、售货员等等，但我从来不关心，因为我来巴黎不是为了赚钱，我来巴黎是为了赶走被遗弃的感觉。

但这个启事上有三个孩子的画像，立刻吸引了我。尽管画得不细腻，但我从他们的眼睛里看到了难以言表的深奥的感觉。他们希望得到一些东西，有人将这些东西放在他们面前，他们看了又看，却不敢拿。

我佩服这个画家，用简单几笔就画出了深奥的感觉。我更想知道这些孩子是谁。我从未见过他们，却觉得熟悉，熟悉到可以无所顾忌地引吭高歌，或相拥而泣。

启事下面有一首手抄的诗歌，出自兰波的《孤儿的新年礼物》。我不知道兰波是谁，以前从没有读过，亚当也没有提过这个人，但这首诗让我难过，而且是无以言表地难过：

两个小孩没有了母亲，没有了
甜甜微笑、为他们自豪的母亲。
她一定忘了在夜晚独自俯身
拨开熄灭的灰烬，生一堆火，
她一定忘了给他们盖上毛毯和鸭绒被，
她一定忘了在临别之前说声对不起。
她或许没想到清晨会这么冷，
忘了把冬夜北风关在门外边？
母亲的梦里有一床温软的羊绒，
是孩子们栖居的毛茸茸的窝，
就像摇晃的树枝上两只美丽的小鸟，
他们享受着白茫茫的温柔睡眠。
这里是一个没有羽毛、没有温暖的巢，
两个孩子又冷又怕，怎么也睡不着。
苦涩的寒风中，一个冰雪封冻的窝。

我想兰波一定很伟大，他看到了一群无言无语的人，然后为他们写诗。这群人不知道自己为什么来这个世界，也不知道自己为什么活得那么苦。这种苦不是身体的饥饿，而是精神折磨。他们仅仅希望得到一点温暖，得到的却是坚硬、冷漠、虚伪，以及变化无常的表演。

我没有理由忽视孩子们的眼睛，也没有理由忽视兰波的诗。所以，我将招募启事撕下来，放在怀里，就像得到了一个光荣的使命。

五

孤儿院里的正义

这个孤儿院在巴黎南郊，确切地说，是在比塞特医院的正南面。我不知道比塞特医院在哪里，但每个巴黎人都知道，所以我迷路的时候，总有人给我指明方向。他们说那里曾经出现了一个温暖的人——皮内尔。

以前的法国人很固执，将很多人看作精神病人。谁都不知道他们是不是精神病人，但谁都知道只要将他们当成精神病人，他们就被关在比塞特医院。之后，他们会失去一切，失去财产，失去家庭，失去身份，就像一个没有意义的影子，或一个没有意义的声音。

皮内尔无法决定谁被关在这里，但他将他们当人，让他们看到自己的影子，听到自己的声音。所以，皮内尔来到比塞特医院之后，拆除了他们身上的铁锁链。据说为比塞特医院锻造锁链的与为巴士底狱锻造锁链的是同一个铁匠。

我站在比塞特医院门前，充满了好奇。大门是敞开的，我没有理由不进去看一看。黄色石块铺成的路，在两百多年的风雨里变得平坦、光滑。我在石块路上走着，前面是一排低矮的房子，墙上有很多窗户，每个窗户很小，镶着铁棱，一个人无论如何都爬不出来。我不知道这里曾经关了多少人，但我知道他们都是被遗弃的人，一群以奇妙的理由被遗弃的人。但皮内尔没有遗弃他们，他让他们看戏，让他们演戏，让他们坐在温暖的阳光里聊天，让他们睡前洗个温水澡。

从比塞特医院出来后，我失去了方向，因为乌云密布，我分不清哪里是南方。我漫无目的地走着。对面来了一个人，我问他附近是否有孤儿院，他说不知道，而且对我的问题充满了惊奇。对面又来了一个人，我再次询问，他还是不知道，同样对我的问题充满了惊奇。第三个人这样回答，第四个人这样回答，第五个人这样回答，第六个人还是这样回答。于是，我不再问，即使眼前还有人路过，我也不再问。

我回到比塞特医院，准备在一个长廊下过夜。明天太阳出来，我就知道哪里是南方。在流浪中，我形成了一个习惯，无论走到哪里，我会下意识地寻找睡觉的地方。这个地方要高一些，地面应该是平的，最好一面有遮挡，例如一面墙，或一块石头。在这样的地方睡觉，我有安全感，一翻身就能摸着坚固的东西。所以，每当夜幕降临，我会想起走过的地方哪里能过夜。

这里的夜晚太安静了，雪铁龙汽车的声音消失了，行人脚步的声音消失了，父母与孩子谈话的声音也消失了。这个世界好像变了样子，应该出现的都出现了，应该消失的都消失了。我觉得只有法国让我有这种感觉，所以我珍惜这种感觉。阿尔及尔的法国人区没有这种力量，我从未在那里获得这种感觉。相反，我获得的是麻木的注视、高傲的无视。

半夜时分，我被雷声吵醒了，然后大雨滂沱。我赶紧找了一处能避雨的地方，不是因为我担心淋湿，实际上我已经习惯了浑身湿漉漉。我担心的是穿着湿漉漉的脏衣服，我会失去即将到来的工作。

对于这个工作，我觉得我能行，我喜欢阅读，我有无私的爱，我与那些孩子有一样的愿望，因为他们小时候的样子就是我小时候的样子。所以，我找了避雨的地方，看着雨滴啪嗒啪嗒落在地上。

第二天早上，起风了，有些冷，天空仍旧阴霾。我的肚子还是有些疼，但我感到了饥饿，于是吃掉了三个面包。中午时分，云层变淡，我看到了太阳的影子，忽明忽暗。我确定哪里是南方，于是背起包，走出比塞特医院，一路向南。走了好一会儿，我经过一个新建的机场，从远处能看到正在检修的飞机。我在路边树下休息了片刻，看着飞机降落，又起飞。

傍晚时分，我走到了一条河边。河边有一片树林，从远处看很神秘。天色渐暗，我忘了寻找过夜的地方。这是很少出现的失误，但今天出现了。刚下过大雨，树林里的一切都是湿的，眼前是一片积水的农田。我静静地站着，有些迷惑。

这时候，我看到了一束光，从树林中的一条小路上散出来，一开始亮亮闪闪，驶出树林后变得清晰，是一辆汽车，从形状判断，是雪铁龙汽车。有钱人才买得起，但有钱人来这片神秘的树林里干什么？

对于流浪汉来说，这种神秘是有诱惑力的，对我更是如此。这辆车离开后，我沿着小路向树林深处走去。路不是直的，首先向左弯，然后向右弯，之后才是直的。路尽头有五排房子，像工厂。我觉得我走错了地方，但暮色已至，没有吃的，没有喝的，没有地方睡觉。

我敲响了灰色的大铁门。之后，我听到了急促的脚步声。大铁门中部有扇很小的窗，里面的人将这扇窗打开，我看到了一双温暖的眼睛。

他问我，来这里干什么？

我说我迷路了。

他说这里不招待迷路的人，这里是孤儿院。

我说我看到了招募启事，来这里工作。

他说院长刚刚离开，但我可以在这里住一晚，明天院长会来。

他打开门，一扇很重的铁门，他用了很大的力气才打开，然后又关上。

他说这里以前是兵工厂，战争结束了，不再生产武器，空了一段时间，后来成为孤儿院。战后的孤儿太多了，到处流浪，政府注意到这个问题，于是将这里的仓库改成孤儿院。

他给我准备了晚餐，两个大面包，两片奶酪，还有一盘蔬菜汤。

他说战争之后，法国人饭量大增，不再考虑那么多礼仪，但总是吃不饱。

两个面包的确很大，我从来没有见过，在阿尔及尔烤面包的时候也没有见过。我先喝了口蔬菜汤。我在罗讷河边吃过葡萄，之后就没吃过水果，也没吃过蔬菜。对于流浪汉来说，蔬菜和水果好像是例外，或是没有吃的资格。

我在一个仓库的角落里睡去，没有灯光，一片黑暗，我有些不习惯。在巴黎流浪的时候，我总会找个有光的地方睡觉，而这里没有光。

第二天清晨，我被一群孩子吵醒了。他们的声音很大，来来回回，吵个不停。一辆汽车的声音出现了，由远及近，然后是大门开启的声音、关闭的声音、车门打开的声音、车门关闭的声音。孩子们吵闹的声音瞬间消失。刚才，树上一群被吵走的鸟又飞回来，落在枝头，叽叽喳喳。

昨天为我开门、为我准备晚餐的那个人来找我。我看清了他的面貌，圆圆的头，圆圆的脸，圆圆的眼睛，说话的时候总是微笑着。

他说院长来了，我可以到他的工作室。

他在前面带路，我在后面跟着，走到东南角的房子前，门前停着一辆黑色低蓬的雪铁龙汽车，比我之前看到的很多汽车都要高级。他敲了敲门，一个戴黑边眼镜的人打开了门。

在那一刻，我注意到了这个人的眼睛，瞪得圆圆的，头发油油的，在清晨的阳光中闪闪发亮。我又注意到他的衣服，一身灰色条纹的高档衣服，即使在巴黎街头也不多见。

他问我，来这里干什么？

我说我看到了招募启事。

这时候，我终于看清了这个人，仪表堂堂。我不知道这是否是高卢人的优美，但他的确非常优美，比我看到的多数法国人都优美。他的声音也很优美，低沉中有一点空灵，平铺直叙，但情感饱满。

他让我坐在对面的椅子上，问我为什么来这里工作。

我说我来自阿尔及尔，我的父亲是法国人，在马恩河战场上死了，我想来法国寻找我需要的东西。

他问我，寻找什么东西？

我说我说不出来，但这对我很重要，让我看到我自己，让我听到我自己，让我感受到我自己。我从小生活在幻象中，语言幻象、表情幻象、行为幻象，我不想这样活着，我想看到真实的东西……

他转移了话题，介绍孤儿院的情况。

他说这里有五十五个孩子，一部分是没有亲人的，一个亲人也没有，一部分是被遗弃的，他们的妈妈、爸爸、爷爷或奶奶不要他们了，就像扔掉狗一样将他们扔掉。

他说这里有四个抚育员，一个营养师，加上他一共六个人，营养师负责做饭、洗碗，这些已经够他忙了，有时候忙得饭都做不好。抚育员的职责是为孩子们上课，还要管理他们的日常起居，总之负责孩子们的一切。

他说前些天，一个抚育员离开了，谁都不知道他为什么离开，但他还是离开了，所以要重新招募一个抚育员。

他说这是艰苦的工作，也是高尚的工作，既然是高尚的工作，那么我应该说明我在这里能做什么。

我说我小时候读了很多书，上学的时候读了很多书，尽管是初次来法国，但我能理解法国人的一切。这次来法国，我想证明我的理解是对的，还是错的。

他问我，读过什么书？

我说了很多人的名字，拉伯雷、蒙田、笛卡尔、卢梭、狄德罗、罗伯斯庇尔、夏多布里昂、雨果、托克维尔、拉马丁、罗兰……

他打断了我，问我为什么喜欢蒙田。

我说蒙田让人沉静，让人认识到自己，尽管我还没有真正地认识我自己，但我知道我应该认识我自己。之后，我背了一段蒙田的话：

> 不能用理智、谨慎和计谋完成的事，也无法用强力完成。我在这样的教育中长大。我小时候只挨过两次鞭打，都是轻轻的。我对自己的孩子也是如此，但他们还在襁褓中就死了。唯有我的女儿莱奥诺逃过了厄运，她已六岁多，无论教育还是惩罚，母亲都轻声轻气，谆谆教导。我对男孩的教育还要细致，男孩天性不易屈居人下，更加豪放。我喜欢他们头脑机灵，心地坦诚。鞭打产生不了效果，不是使心灵孱弱，就是冥顽不化。

他说他更喜欢古典作家，例如柏拉图。这里的人给他起了个外号，柏拉图先生，以后我不要喊他院长，而是喊他柏拉图先生。

后来，我从这里的人得知，他只读了一点柏拉图，或者一点都没读。他们的确叫他柏拉图先生，但只在他面前的时候这样叫。私下里，他们说他是“假柏拉图先生”。他口口声声说自己喜欢柏拉图，但总会做违背柏拉图的事，将这个孤儿院搞得一团糟。因为他什么都想要，不该要的也想要，千方百计，不择手段，唯独忘了这些失去温暖的孩子需要什么。

他们说他好像很关心这些孩子，但不要被他迷惑，他仅仅将这些孩子看作窃取的工具。柏拉图如果还活着，一定会生气。但柏拉图永远不会复活，所以他觉得自己就是柏拉图，至少在孤儿院里，没有人敢质疑他是再生的柏拉图。

柏拉图先生让我去找那个刚才为我敲门的人，他叫路易，之后是我的引路人，带我熟悉这里的一切。

路易一直在门口等我，看到我出来，微笑着，就像昨天晚上的微笑一样。他在前面走，我在后面跟着。他与我父亲的年龄应该差不多，如果我父亲还活着的话。但他的头发已经灰白，从后面看像六十岁的老人。

路易说这是因为他每天都在思考，所以灰白的头发是智慧的象征。

后来，我从营养师那里得知，路易在说谎，他用这个谎言掩盖坎坷的命运，不公的命运，寻找活下去的理由。

路易是个老兵，从战场上活着回来了，身体里还有炮弹碎片。医生不敢取出来，于是告诉他炮弹皮在身体里也不错，只要不难受，就把它当作荣誉的象征。

从战场上回来后，路易成了孤零零的人，他的父亲去世了，他的母亲不久也去世了。他一度成了流浪汉，也就是多余的人。他在人群之中，又在人群之外。他看着这个世界的一切，听着这个世界的一切，但一切与他无关。流浪的时候，他看到了孤儿院的招募启事，于是来到这里。

路易说自从上一场战争结束后，法国人不太在意着装，穿什么都行，只要不热不冷就行，但我穿这身衣服站在孩子面前，还是不太适合。所以，他领我去了一个低矮的二层房子。以前，在这里工作的枪炮工人留下一些衣服，都是深蓝色的工作装。我选了一身，换下流浪时的衣服，好像变了个人。

我们走出这个房子，向前，又向右。路易推开门，本来里面有些吵闹，孩子们在说话，在门打开的一刻，他们安静下来。但他们发现是路易，于是又闹起来，听起来很开心，很放松。

路易回头示意我进来，突然间，十几双眼睛看着我，十分真诚，十分无助，十分凄凉，十分渴望。最初，我不敢看这些眼睛。他们都是孤儿，我从来没有同时面对这么多孤儿，但我必须看着他们，我知道他们是孤儿也要看着他们。

路易告诉他们以前的抚育员走了，我是新的抚育员。路易介绍完后，我又看着他们，一双眼睛一双眼睛地看，每双眼睛几乎一样，在脏兮兮的脸上。眼睛上面是脏兮兮的头发，眼睛下面是脏兮兮的鼻子和嘴。他们在这里生活得一定不好，但如果离开这里，他们生活得会更糟。整个社会还没有从战争里恢复，每个人都想着自己，只关心自己，不会关心与自己无关的一切。这些孩子还不知道关心自己，所以几乎活不下去。

之后，路易离开了，房间里只剩下我和这些孩子。他们再次变得安静，非常安静，呼吸的声音都听不到。有些孩子不敢眨眼睛，竭尽全力地看着我，等待着我说话。我说话的时候，他们甚至不会放过两个字的空隙，观察这个空隙的长短，观察上一个空隙与下一个空隙的差别。这不是因为他们认真，而是因为他们无助。他们一定想说出自己的无助，但这是说不出来的无助，没有人听，即使有人听，也会觉得他们烦，然后将他们赶走。

在这个时刻，我明白了一个道理：我是战争的孩子，被战争遗弃的孩子，所以长大后成了多余的人，他们也是战争的孩子，被战争遗弃的孩子，但他们很小的时候就成了多余的人，在孤独中长大，在冷漠中长大，在被人嫌弃的目光中长大。

我跟他们讲述了我的经历，从记事开始，一直讲到昨天我看到招募启事。

我讲述了我在阿尔及尔的童年时光，我喜欢用小铲子挖沙子，他们的眼睛里有惊奇。

我讲述了我心中的那个空缺，我的父亲在那里，但总是背着我，他们的眼睛里有悲伤。

我讲述了我在阿尔及尔的打工时光，每天像机器一样，像机器一样工作，像机器一样睡觉，他们的眼睛里有疑惑。

我讲述了那只狗的故事，它喜欢在我的床下睡觉，然后在那里死去，他们的眼睛里有难过。

我讲述了我不想动的故事，躺在床上不想动，坐在地上不想动，饭吃到嘴里不想动，一句话说到一半的时候不想动，他们笑了。

我讲述了我来法国的经历，一路上遇到了哪些人，在葡萄园摘葡萄的时候喝醉过几次，喝醉的时候有什么感觉，例如我的视野变小，我的身体飘浮，我的记忆开始破碎，他们又笑了，而且是开怀大笑。

我又讲述了我在巴黎的流浪岁月，从一条街走到另一条街，经过一扇又一扇的门，看着豪华酒店里的灯光，看着豪华餐厅里的美味，然后在一处避风的地方独自睡去，醒来后看着行人匆匆忙忙的脚。他们陷入了沉思。他们好像也这样走过，也这样睡过，醒来后也这样看过。

最后，我告诉他们，我和他们一样。像我们这样的人，首先要知道我们是什么样的人，然后接纳我们是这样的人，也就是接纳自己的命运。这种命运是不公平的，但它已经落在我们身上，回避没有用，幻想也没有用。

我再次看了看他们的眼睛，他们不再惊慌，至少不再像刚才那样惊慌，他们变得沉静，非同一般的沉静。

在阿尔及尔的时候，我看到一群有钱人的孩子从学校门前经过，他们的眼睛也很沉静，但那种沉静里有一种漠然，或是高傲。而这些孩子眼睛的沉静里是对于未知的期待。

这时候，外面传来一阵很大的声音，像铁锅被铁棍敲响的声音，然后是路易的大声喊叫："午休时间，吃饭了。"孩子们跑到外面，搂搂抱抱，或躺在地上。

营养师是个老人，六十多岁或七十多岁，但也可能是五十多岁。在这个时代，我不敢根据一个人的外貌判断他的年龄，因为动荡让时间加速，彻底改变了人的面貌。有的人看起来六十岁，无论是暗淡的眼神、花白的头发，还是毫无生机的动作，完全符合六十岁的样子，实际上只有四十岁。他一定不想未老先衰，但他背负着一个沉重的时代，要用尽力气活着。

每个人的脸上都有一个时代。如果这个时代是轻松的，他的表情就轻松；如果这个时代是沉重的，他的表情就沉重。这种沉重有时候会赶在时间之前，在他的脸上刻满皱纹，让他的眼睛黯淡无光，让他的牙齿提前脱落，最后让他提前进入暮年。

我觉得我也被赶到时间前面，就像到了一片虚无之地，环顾四周，除了明晃晃的太阳，什么也看不到。阳光照在我的脸上，像一把刀子，刻来刻去。

这些孩子陆陆续续走进厨房。这是一个巨大车间改成的厨房，他们看起来变小了，小到可以忽视。他们排着队，从营养师那里获得午餐，炖土豆和面条，盘子角落里还有点奶酪。有的孩子第一口就吃掉了，有的孩子一边吃土豆和面条，一边看着奶酪，最后才吃掉。吃下去的那一刻，他们闭上眼睛享受着。

我在旁边看着，看着他们的一举一动，就像看着小时候的我，整天战战兢兢，害怕说话，害怕走路，害怕没有到来的一切，也害怕已经结束的一切。我总觉得这个世界不属于我，什么也不属于我，我的父亲不属于我，我的妈妈也不属于我。即使妈妈看着我、拥抱我、亲吻我，我也觉得她不属于我。我觉得自己是多余的，是被遗弃的，所以既不能占有，也不能获取。最后，我觉得自己越来越空虚，越来越无力。

面对这群孩子，我偶尔也有不想动的愿望，但我觉得这样可不行。一个人的时候，我怎么样都可以，但既然在这里工作，为这群被遗弃的孩子工作，我不能麻木，也不能空虚。

当我胡思乱想的时候，营养师走过来。他已经分配完食物，然后等着收拾。

他问我，是不是新来的？

我说是。

他说，是来接替那个刚走的吗？

我说是。

他说这些孩子真不容易，还没长大就得靠自己，但他们还没有自己，怎么靠自己？

我说是。

他说他已经很老了，做了一辈子饭，估计干不了几年了，能干几年是几年，对得起这些孩子就行。

我说是。

他说我很年轻，让他羡慕。他年轻的时候，从没想到法国会变成这个样子。没有人喜欢这个样子，他们想找个人说说理，但国王已经消失了，取而代之的是总统、总理，他们干不了几年就走了，所以也不能找他们说理，哪怕是他们让法国变成了这个样子，也不能找他们说理。

听到这里，我转过头，看着他。他的头发已经花白，稀稀落落，露出了光亮的头皮，他的眼角布满皱纹，手里还拿着勺子，向下垂着。

路易来了，营养师热情地招呼他，为他盛了午餐，然后问他那个孩子怎么样了。

路易说他应该接受一切。

之后，又有两个抚育员来了，营养师同样热情地招呼他们，为他们盛了午餐。

但我发现了不同。给路易盛饭的时候，营养师会看看路易，眼神中有关切。为后来的两个抚育员盛饭的时候，营养师话语热情，却不看他们，低着头，一眼也没看。

收拾餐厅的时候，营养师问我是否认识这里的抚育员。

我说只认识路易，因为是路易给我开门，给我准备晚餐，给我找睡觉的地方。

他说路易是个好人，纯粹的好人，但他心里苦。后来的两个抚育员与柏拉图先生是一伙的，他们都是巴黎人，说巴黎腔的法语，总觉得巴黎人是高贵的，一言一行都高贵，而且不会犯错，即使错了也是高贵的。

他说他对巴黎人没有任何偏见，他喜欢巴黎，但不喜欢那些用巴黎的荣耀损害巴黎的人，尤其是这几个巴黎人。他尤其不喜欢这两个人，他们是逃兵，从战场上逃回来，却说自己是勇敢的战士，他们之所以活着回来，是因为勇敢。当他们知道路易才是真正勇敢的战士，他的身体里还有炮弹碎片的时候，他们觉得自己的尊严受到了侮辱，于是用巴黎腔的法语笑话路易。路易什么也没说，他能说什么呢？柏拉图先生站在两个逃兵一边，无论他们做什么都是对的，从战场上逃跑也是对的，在这里做的一切也是对的，包括对孩子的歧视、辱骂。而路易做什么都是错的，对了也是错的，越是做得对，越是错得远。

对于这个问题，他感到非常迷惑，他不知道这些人是从哪里冒出来的。

他说路易十四时代的法国人是勇敢的，在欧洲所向披靡。拿破仑时代的法国人更是如此，让欧洲人瑟瑟发抖。如果有可能，他愿意回到拿破仑的时代，为那些勇敢的人做饭。

他说为勇敢的人做饭是一个厨师最大的荣誉，因为他能看着自己做的饭变成所向披靡的力量。而为这些逃兵做饭，是一个厨师最大的屈辱。他看着自己的饭被糟蹋，变成一个又一个的阴谋。

他曾经喂过猪，喂过牛，喂过鸡，这些动物不能说话，还知道感恩，但为这些逃兵做饭是为了什么？他们不知道感恩，反而糟蹋了他做的饭。

他说自己就是个做饭的，又能怎么办？他从来都知道自己是个做饭的，但有一天柏拉图先生指着他的鼻子，说他就是个做饭的。他不觉得自己受到了侮辱，因为这是事实。他从柏拉图先生那里确认了这个事实，这让他感到轻松，也为自己的见识而高兴。一个做饭的竟然知道那么多道理，高贵的巴黎人却不知道这些道理，将愚蠢当作善良，将阴谋当作正义，一心喜欢奴颜婢膝、坑蒙拐骗。

他说他知道这些孩子需要什么，柏拉图先生却不知道；他知道应该为这些孩子做什么，柏拉图先生却不知道；他知道法国的过去是什么样子的，柏拉图先生却不知道；他知道法国为什么变成这个样子，柏拉图先生却不知道；他知道法国以后会变成什么样子，柏拉图先生却不知道……这一切足以让他感到自豪。

说到这里，他放下手里的碗，转过身看着我。

他说一个人知道的真理越多，才越像个人，才越接近上帝。只有上帝能发现这样的人，只有上帝会珍惜这样的人。

他说他是苦修派，以苦为乐，以苦为荣，无论面对什么样的苦，他都觉得甘之如饴。

他说路易也是这样的人，第一眼看到路易的时候，他就觉得路易是这样的人。当他知道路易的身体里还有弹片，下雨时会隐隐作痛的时候，更证实了自己的看法。当他听到两个逃兵为此笑话路易的时候，他觉得应该与他们划清界限。当他看到柏拉图先生觉得两个逃兵说什么都对，做什么都对的时候，他觉得应该与柏拉图先生划清界限。但上帝好像不知道路易是好人，所以他有些困惑。

他说自己在这里做饭，不是为了柏拉图先生，不是为了两个逃兵，而是为了这些孩子，为了这些被时代遗弃的孩子。

外面的铁锅又敲响了，与之前的声音一样。

我回到房子里，孩子们也陆续回到房子里，在自己的位置坐下来。其中一个孩子有些不同，他用粉笔头在地上画画，而且画了一幅很复杂的画，估计吃完饭后，他就在这里画。

我走过去，站在他旁边，仔细地看。他画了一个睡觉的女人，躺在椅子上，歪着头，手抚着肚子，安静地睡觉。她的头发垂下来，脖子上还有串项链。

我问他，画的是谁？

他说画的是自己的妈妈。

我问，他的妈妈是这样的吗？

他说不知道，他从来没有见过自己的妈妈，也从来没有见过自己的爸爸，有人说他的爸爸在战场上死了。这一切他都不知道，但他知道他之所以这样画，是因为在巴黎流浪的时候，透过玻璃看到了一幅画，一个女人在做梦，她做什么梦并不重要，重要的是他觉得她像自己的妈妈。

那时候，我还不知道毕加索，等我看到毕加索的《梦》的时候，我觉得他比毕加索画得好。尽管他用的是掉在地上的粉笔头，但他为这个女人赋予了最温暖的情感，也是最虚幻的情感，因为他不会见到自己的妈妈。

认识到这个问题的时候，我感到十分遗憾，因为我没有将他的画保存下来。几年后，他给我写了一封信，寄到阿尔及尔，他说他已经离开孤儿院，参加了军队，第二天要奔赴马其诺前线，抗击德军。

我赶紧给他回了一封信，并告诉他毕加索的一句话："艺术的力量在于洗刷灵魂中的灰尘。"我盼了好几个月，始终没有收到他的信。我希望他能活下来，在这场世界大战中活下来，也希望他过得好，即使无牵无挂，也要自由自在。但这仅仅是一个没有人知道、也没有人在意的希望。

一天晚餐后，营养师刷完盘子，收拾好厨房，他指着后面的一个房子，告诉我那里有个藏书的地方，书不多，是以前在这里工作的枪炮工人留下的。

他领着我到了那个房子，点了一根蜡烛，走到里面的角落，那里有三个木头箱子。

他说这些书可能对我有用，既能了解法国，也能教育这些孩子。

他说平时很少有人来，路易偶尔会来，但柏拉图先生对他不满意，所以不来了。

他说去年有个慈善机构给孤儿院一笔钱，专门买书，但最终一本书也没买。

我打开了一个箱子，第一本是托克维尔的《旧制度与大革命》。在阿尔及尔的时候，亚当介绍过托克维尔，但他没有买到这本书，所以凭记忆给我们讲了一些。后来，妈妈工作的书店里进了这本书，她问我看不看。第二天晚上，她带回来一本，她说这本书花了她十天工资，所以要好好看。一开始，我有些惊奇，很快又有些迷惑，因为我看不懂。我不相信这是法国，宁愿相信这是托克维尔编造的传奇故事。

好多年过去了，这本书又出现在我面前。但我每天只有两根蜡烛，只能看到蜡烛烧尽的时刻。我随手翻开《旧制度与大革命》，其中有一段话：

> 在这种社会中，人们相互之间再没有种姓、阶级、行会、家庭的任何联系。他们一心关注的只是自己的个人利益，他们只考虑自己，蜷缩于狭隘的个人主义之中，公益品德完全被窒息。专制制度非但不与这种倾向做斗争，反而使之畅行无阻，因为专制制度夺走了公民身上一切共同的感情，一切相互的需求，一切和睦相处的必要，一切共同行动的机会。专制制度用一堵墙把人们禁闭在私人生活中。人们原先就倾向于自顾自，专制制度现在使他们彼此孤立。人们原先就彼此凛若秋霜，专制制度现在将他们冻结成冰。

读完后，我看了看封面，确定这是一本完整的书，而且是托克维尔的书。我又读了前面几段和后面几段，托克维尔写的的确是法国。

我来法国一年多了。前半年在路上度过，我觉得很愉快，越来越向往法国，希望在这里找到我想要的东西。后半年在巴黎度过，我在街上东逛西逛，时时刻刻观察着这个城市，观察这个城市所在的国家。现在，我读到了托克维尔的法国，我不知道他说的对不对，但我与他的感觉相似。我觉得我离法国越来越远，越来越生疏。

之后很多天，在孩子们休息后，我会到这里来，将两根蜡烛燃尽。我喜欢在夜色中看书，四周一片黑暗，只有眼前的一点光。

柏拉图先生很快知道我在这里看书，他没有认同，也没有反对。但我好奇的是，他是怎么知道的。他每天早早地来，天黑前又会离开。

营养师说是两个逃兵告诉他的。他们监视这里的一切，第二天会告诉柏拉图先生。

营养师说他不喜欢这种方式，就像间谍一样，时刻盯着每个人、每个孩子。这让他想起旧法国的警察，在大街上、在咖啡馆里、在市场上，鼠头鼠脑，鬼鬼祟祟，让法国人没有尊严，让法国人自我怀疑。

对于这些事，我懒得理会。我活着，不是为了这些人，是为了我自己，或者说为了找到我自己。如果我活着是为了他们，那么我会摇晃，会跌倒，会迷失。所以，我每天晚上都来这里，最终我打开第一个箱子，从第一本读到最后一本，打开第二个箱子，从第一本读到最后一本，打开第三个箱子，从第一本读到最后一本。

有时候，我会在空闲的时候想想读了什么书，这些书里的法国是真实的，还是虚假的？每当这样想的时候，这些书就在我面前一本一本地出现，《罗兰之歌》《高乃依文集》《拉辛文集》《莫里哀文集》《伏尔泰文集》《大仲马文集》《凡尔纳文集》《巴尔扎克文集》《福楼拜文集》《乔治桑文集》《雨果文集》《左拉文集》《波德莱尔文集》《纪德文集》《都德文集》《傅里叶文集》《圣西门文集》《孔德文集》……

两根蜡烛只能支撑一会儿，蜡烛燃尽后，我会点燃橡木枝子，一根、两根或三根，在噼里啪啦的火光里继续读。这是我理解法国最重要的一段时光。但这不意味着单靠这些书就能理解法国，而是说这些书为我创造了一个美好与阴暗的世界，其中有法国人对于美好的理想，也有法国人对于阴暗的愤怒。

我从这里走出去，看到柏拉图先生，看到两个逃兵，看到他们做的事，一个虚假的法国立刻向我展开。这是一个神秘的世界，我不能拒绝，也不能忽视，因为他们是法国人，而且是高贵的巴黎人。在孤儿院里，如果说谁能代表法国，那么一定是他们，而不是路易，不是营养师，更不会是我。

这个神秘的世界出现后，理想与现实的对立会无限激烈。当然，没有任何人知道这种对立，因为它只出现在我的心里。我没有告诉任何人，所以只有我知道，也只有我承担着对立的后果。

而对立的后果是什么？我觉得是两个法国在打架，一个法国是不可见的，却是存在的，温暖、真诚、深刻；另一个法国是可见的，却像一个影子，冷漠、虚假、坚硬，让人失望，让人迷惑。

一天晚上，我又来到这里，坐在木箱子旁边，沉思了一会儿，想了想白天看到的，尤其是那个喜欢画画的孩子的眼睛，时不时地看看我，那么明亮，那么真诚，那么脆弱，那么无助。我觉得他一定有很多话要跟我说，但始终不敢跟我说，于是不停地看着我。

之后，我点燃了蜡烛，将火柴扔到地上，余火还在燃烧。这时候，房子的门开了，我转过头，看到一个影子，在月光的映衬下十分清晰，又有些恐怖。他向我走来，慢慢地向我走来，是柏拉图先生。这么晚了他还没有回去，我有些吃惊。

他走到我面前，在一块制造枪炮的铁块上坐下来。他从来没有这样温暖，在烛光的照耀下温暖地看着我。

他说要来这里找书，柏拉图的书。

我说这里没有，因为我已经翻过三个箱子，没有柏拉图的书。

他说没关系，他一会儿回巴黎，明天去书店买一本。

他还在看着我，目不转睛地看着我。我有些紧张。在这个世界上，自从我记事以来，从来没有一个男人这样看着我。

他说不用紧张，他需要我帮个忙。三天后，一个慈善代表团要来这里参观，领头的是安娜夫人，她十分关心这些孩子，如果我们做得好，她会给我们资助，帮助这里改善条件。

我问他，需要我做什么？

他说到时他要做汇报，他知道如何写讲稿，但一定不完美，所以要我帮他写一个。

我问他，要写哪些内容？

他说要写出孩子们的孤独，写出抚育员的辛苦，如果可能，再写一写他的博爱之心和深谋远虑。

我告诉他我能写第一部分，因为我也是战争的弃儿，了解这些孩子，第二部分也能写，但第三部分不敢写，我怕误解他。

他没有反对，允许我根据自己的想法写，怎么写都行。

第一根蜡烛即将烧尽，我点燃了第二根。他走了，不一会又回来了，左手拿着一个本子和一支笔，右手握着六根蜡烛，放在我的面前，问我够不够？

对于这些蜡烛，我是感谢他的，因为我喜欢这个被烛光照亮的角落。

当我打开本子，右手握起笔的时候，孩子们的眼睛在我面前出现。第一双是那个喜欢画画的孩子的眼睛，他一直在寻找自己的妈妈。第二双是一个高个子的眼睛，他性情有些暴躁，但每当我用安静的声音跟他说话，他会安静下来。第三双是长得最矮的孩子的眼睛，他经常看着我，欲言又止，有些迷茫，有些失落。第四双是一个上课经常睡觉的孩子的眼睛，每次我喊他起来好好听课，他会慢慢抬起头，在孩子们的笑声里睁开睡意十足的眼睛，迷迷蒙蒙地看着我……

这些眼睛在烛火中不断闪现。我知道他们渴望什么，却无法满足他们的渴望。有时候，我会减弱他们的渴望；有时候，我会隐藏他们的渴望；有时候，我会将一些永远不能实现的承诺变成活下去的力量。我只能这么做，不然我又能怎么做？

第二天，直到中午，柏拉图先生才来，开着雪铁龙汽车。下车后，他让两个逃兵过去，帮他卸一个木头箱子。箱子太沉了，搬不动，于是让我过去帮忙。

他说这是一个石头雕像，在巴黎的雕塑馆买的，足足花了五十法郎。本来他想买柏拉图的雕像，但那里没有，于是挑选了个大胡子雕像，看起来像柏拉图。

他说后天慈善代表团来这里参观，所有人都要说这是柏拉图的雕像，而不是其他人的雕像。

他说如果有人问为什么柏拉图的雕像立在这里，所有人都要说他敬仰柏拉图，并用柏拉图的理念教育孩子。

雕像立起来后，他有些不满意，看起来太新了，上面还有一层白色石粉。他让我们搬下来，放在院子角落的水坑里，涂了泥巴，然后擦去，再立起来。白色雕像变成了黄色雕像，雕像脸上有几道细纹，泥水渗到里面，就像时间的痕迹。

他看到后拍手叫绝，这才是艺术，真正的艺术，让时间静止的艺术，让人沉思的艺术。

午休时间，孩子们从房间里跑出来，瞬间知道这是柏拉图的雕像，而且还知道是两年前立在这里的。

一个孩子说他经常在这里玩，但从来没有看到。

柏拉图先生说那是因为他总是看着地面，没注意天空，然后教导他以后不能只看地面，那会迷失方向的。

这个孩子听到后有些愣，不知道这句话是什么意思，他甚至有些自我怀疑，于是手足无措地站在那里，看着这个刚刚立起来的雕像，看着一个没有生命的假柏拉图雕像，看着一个有生命的假柏拉图先生。

从这个时刻开始，每当从雪铁龙汽车旁边经过，我会厌恶这辆汽车，厌恶它的声音，厌恶它的尾气。从这个时刻开始，每当看到这辆车，我会遮住眼睛，不想被它的光照射。

突然，柏拉图先生喊住了我，让我到他的工作室。他关上门，将一个信封放在桌子上，没有放好，掉到地上，露出一本书，《理想国》。他俯身捡起这本书，放在桌子上，又整理了深紫色的领带，然后转过身，问我稿子是否写完了。

我从裤子口袋里掏出那个本子，递给他。他翻开仔细看，从头到尾看了一遍，他说很好，正是他希望看到的。他说自己以前也这么想过，尤其是看到孩子们的眼睛时，他甚至愿意为他们付出一切。

之后，他让我去找其他人到这里来。我首先告诉了路易，然后去找营养师，他在清洗土豆。我又去其他房子，告诉了两个逃兵。

柏拉图先生让我们坐下，两个逃兵坐在他对面，路易和营养师坐在门口，我一直找凳子，但没找到，他让我坐在一个箱子上。

他说一个慈善代表团要来参观，这是非常重要的事，关系到孤儿院的未来。他会向代表团发表演说，介绍这里的教育理念，然后是孩子们的表演。

他要求我们从孩子中找一些能言善辩的，能写会画的，能蹦会跳的，还有能说会笑的，每种类型找一个，向代表团展示自己的活力，也就是展示孤儿院的活力。路易负责找能言善辩的，两个逃兵负责找能蹦会跳和能说会笑的，我负责找能写会画的。我已经想好了，就是那个在地上画画的孩子。

他要求我们让孩子们多洗几遍脸，尤其是脖子上的灰垢，要洗到一点也看不到，孩子们的头发要整洁，衣服也要整洁，上面不能有泥巴。

他要求营养师后天要增加奶酪的分量，明天的奶酪可以不发，攒到后天，这样看起来会多一些。

最后，他热情地表扬了我。我不知道他为什么表扬我，他没有提到我写稿子的事，只说我是真正的法国人，有远大理想的法国人。他没有要求其他人，包括他的两个同伙向我学习，或为我祝贺，所以谁都不知道他的意思。他是真的认同我，还是假装认同我，然后用这种方式去实现他的隐秘目的？

我不知道，路易不知道，营养师也不知道。他的两个同伙是否知道，我也不知道。我只记得他们的眼神，因为我站起来的时候，恰好看到了他们的眼神。那是一种我从来没有见过的眼神，里面有愤怒的烈焰，但被他们脸上的微笑淡化了，所以看起来像模糊的温暖。

后来，路易说这可能就是柏拉图先生的目的，他希望自己的同伙有对手，也希望自己的对手有对手。对于这个猜测，我也不确定。

从屋里出来后，我又看到了雪铁龙汽车。阳光照射在黑色的漆面上，反射着耀眼的光。我赶紧用手遮挡眼睛，我厌恶这辆车，厌恶与它有关的一切。如果有人说这辆汽车是法国的象征，我也会厌恶法国。

慈善代表团来的那天，柏拉图先生很早就到了。他没有将闪亮的雪铁龙汽车开进院子，他是走进来的，刚进门就看到了两个同伙，要求他们找些树枝，到院子外面将汽车盖起来。他指了指院子东侧的方向，那里的树格外茂密，所以一定可以隐蔽得很好。

他又问枪炮工人的旧衣服在哪里，路易带着他去了二层房子。一会儿，柏拉图先生出来了，穿着深蓝色工作装，是一身最旧的，袖口已经磨得松开，挂着很多线头。唯一让他看起来有些不同的是紫色领带，他没有摘下来。当然，他的面色也不同，饱满、圆润，有光泽。

他在院子里走了两圈，突然意识到头发应该乱一些，至少不能油光发亮，于是走到一个角落，那里有松软的土。他取了些土，往头发上抹了几把，看起来朴实多了，有一种风餐露宿的感觉。实话实说，我喜欢这种感觉，尽管是假的，我也喜欢，仿佛觉得他与我们亲近了许多。

之后，整个院子静悄悄的。孩子们在屋里等待，抚育员在屋里陪着孩子，营养师在厨房里忙忙碌碌，偶尔听到冲水、倒水的声音。

柏拉图先生的房子偶尔传出问候的声音，他在练习：早上好，安娜夫人……安娜夫人您好，我们一直在期待着您的到来……这边请……接下来，我向各位女士、各位先生汇报这里的情况。

他觉得不满意，于是清了清嗓子，在声音中加了更多的低沉与厚重：早上好，安娜夫人……安娜夫人这边请……接下来，我将向各位女士、各位先生汇报这里的情况。

一辆汽车的声音从远处传来，最初很模糊，发动机的声音与轮胎滚在地上的声音纠缠，无法区分。汽车越来越近，两种声音变得清晰，尤其是轮胎滚进水坑的时候，发动机的声音瞬间变小。在大门口，汽车停下来，只剩下发动机的声音，听起来与柏拉图先生的雪铁龙汽车一模一样。

路易打开沉重的门，用最大的力气。柏拉图先生跑过去，一边跑一边整理头发，不是让头发整齐，而是让头发凌乱，看起来像柏拉图雕像的头发一样。

那的确是雪铁龙汽车，与柏拉图先生的汽车一样，但要旧一些。汽车开到柏拉图先生面前，车上下来三个人，一个五十岁左右的女人，一个三十岁左右的女人，还有一个四十岁左右的男人。

柏拉图先生走到五十岁左右的女人面前，用刚才练习的语气问候：“早上好，安娜夫人。”

安娜夫人很优雅，一身淡蓝色长袍，一顶浅灰色圆帽，还有一条乳白色半透明围巾。一行人向柏拉图先生的工作室走去，半小时后出来，在柏拉图的雕像前看了一会儿。柏拉图先生卖力地介绍，比比划划。

之后，他们依次参观了孩子们所在的房子，还有厨房，营养师向他们展示了孩子们吃的食物。

柏拉图先生告诉安娜夫人，这是他竭尽全力为孩子们争取的，已经不能再好，但实话实说，仍旧不能满足孩子们身体成长的需要。

安娜夫人走到里面，看了看地上的土豆，又看了看架子上的奶酪。她说奶酪不仅对于身体成长很重要，还是法国精神的来源，孩子们要感受法国精神，就要多吃奶酪。

最后，孩子们来到院子中间的空地上，席地而坐。前面有简易的黑板，还有四把椅子。柏拉图先生坐最左侧的椅子，安娜夫人坐左侧第二把椅子。

全场安静下来，柏拉图先生走到安娜夫人前面，恭敬地看了安娜夫人一眼，从口袋里掏出小本子，又恭敬地看了安娜夫人一眼，然后开始表演。

各位女士、各位先生、亲爱的安娜夫人：

自从得知你们要来的消息，我们一直在热切地等待你们的到来。我们之所以热切地等待着，是因为我们有共同的愿望。这个愿望是那么美好，只要想一想，就让人觉得受到了善良与正义的眷顾。

这是一个孤儿院，有人说这是战争的伤疤，也有人说这是崇高与死亡的边界，但这些孩子一定能跨越这个边界，走向崇高。

我相信，这些孩子没有一个愿意来到这个世界，他们还是来了，孤孤单单地来了，无依无靠地来了。他们本来不是孤单的，还是有依靠的，他们可能见过自己的父母，但他们的父母不辞而别，或在一瞬间消失了，从此再也没有回来。

在这个年纪，如果他们还能躺在父母的怀里撒娇，他们一定不会后悔来到这个世界，但他们没有了父母，独自一人在这个世界上。不是因为他们的父母不想养育他们，或抛弃了他们，他们的父母有的因为饥饿消失了，有的因为战争消失了，有的因为不长眼的炮弹消失了。

如果这是一个和平的世界，这些孩子应该不会后悔来到这个世界。如果这是一个温暖的世界，这些孩子应该也不会后悔来到这个世界。但这不是一个和平的世界，也不是一个温暖的世界。刚刚结束的战争让很多人失去了生命，即使没有失去生命，也让他们失去了崇高的希望。

很多人还活着，坚强地活着，在一个没有希望的世界上坚强地活着。他们用无与伦比的坚强对抗虚无，对抗孤独，但谁知道他们能撑多久？这些孩子也活着，他们是幸运的，又不是幸运的，因为他们面对的困难很多，而且经常面对难以解决的困难。有时候，他们甚至不知道困难在哪里，就被困难吞噬。他们一定有很多想说的，但他们能向谁说？谁又会听？

这些孩子在这里生活，我们用尽了人道主义力量，让他们忘记过去，或者不再被过去牵绊，然后向前看，勇敢地向前看。我们没有让他们忘记自己的父母，这是违背常理的。但我们希望他们向前看，因为他们的父母在前方等他们，或在前方的一片麦田里，或在前方的一片树林里，或在前方的一座山上。

未来就是他们的前方，未来就是他们的父母。只要到了未来，他们就能看到自己的父母，与他们拥抱，获得渴望已久的温暖。我们还告诉他们，未来并不远，度过一个夜晚，睁开眼睛，看到的就是未来。

无论他们是否愿意，他们已经来到了这个世界。幸运的是，他们是法国人，每吃一口奶酪，就感受到自己是法国人；每说一句法语，就感受到这个古老国家的精神。从古至今，这个国家经历了无数的困难，有些困难几乎是难以承受的，但法国人克服了这些困难。

这些孩子现在是法国人，未来也是法国人，而且是法国的希望。为了让这些希望在未来能坚定地展开，从容地展开，勇敢地展开，我们付出了很多。尽管如此，我们仍旧做得不够。这不是因为我们不够努力，实际上我们已经竭尽全力，但在战后的混乱、匮乏与紧张中，我们只能做这么多。

亲爱的安娜夫人、各位女士、各位先生，我们热切地期待你们的到来，是因为你们会带给我们希望。你们可能也会给我们一些物质帮助，但这不是最重要的，我们更希望从你们那里得到精神意义的认可。这种认可会陪伴孩子们到达未来，与父母相聚，与法国精神相聚。那时候，他们才能真正理解法国精神的崇高与伟大。

柏拉图先生流畅地读着稿子，听起来既深沉，又坚定，有些地方他甚至能背下来，所以有足够开阔的情感空间。

安娜夫人自始至终在认真地听，有时候看看柏拉图先生，有时候看看面前的孩子。当柏拉图先生读到“他们一定有很多想说的，但他们能向谁说？谁又会听？”，她流泪了。

我看到她第一眼的时候，就知道她是善良的人。对于这个判断，我丝毫不怀疑，我觉得这些孩子也不会怀疑。像我们这种从小缺少温暖的人，对于善良是非常敏锐的，在很远的地方就能感受到，通过一个动作或一个声音也能感受到。

如果说这个世界上还有我们无法放弃的东西，那就是温暖与善良。所以，我们不理解那些不顾一切追逐名利的人，他们是为了什么？我们也不理解那些忽视温暖与善良的人，更不理解那些破坏温暖与善良的人，他们是为了什么？难道他们是魔鬼的信徒，在魔鬼颠覆这个世界之前，先让这个世界乱起来？

清亮的泪水在安娜夫人的眼睛里闪着光。她就这样看着孩子，安静地看着。柏拉图先生读完稿子后，也安静地看着孩子。至少在这个时刻，我觉得他被自己感动了，被自己深沉、坚定的声音感动了，也可能被这篇稿子感动了，但这篇稿子不是他写的。

之后，他说了一段让我感到无能为力的话。他说这是他与孩子们在长时间交流中发现的道理，是通过无数次的观察发现的道理。他说第一次看到孩子们的眼睛之后，他觉得这将是他一生为之努力的事业，直到最后的审判，他会对上帝说："来看看我，还有谁比我做得好，还有谁比我更像个父亲？"

在这个时刻，我宁愿是一只愚蠢的鸟读这个稿子，也不愿意是他读这个稿子。然而，的确是他读的，而且读得那么深沉，那么坚定。最后，他抬头看了看慈善代表团的几个人，又将目光停留在安娜夫人身上。

他的面容看起来有些悲伤，沾满土的头发让他看起来风尘仆仆。他的眼睛好像在说话，告诉安娜夫人他多么关心孩子，多么希望他们成为法国的骄傲。

安娜夫人坐在椅子上，一动不动，像一个雕像，一个展示法国精神的雕像，安静、深沉、博爱。

最后，柏拉图先生向慈善代表团介绍了孤儿院的教育理念，遵循柏拉图的精神，因为柏拉图的精神最适合这些孩子。

他说每个教员都熟悉柏拉图的理念，将快乐、友谊、痛苦和憎恨植根在孩子们的心里，引导他们恨自己所恨的，爱自己所爱的；提倡节制的生活，锻炼忍耐寒热的能力；重视游戏、舞蹈、角力、投枪、赛跑、射箭、骑兵和野营生活。

为了说明教育效果，柏拉图先生让四个准备好的孩子走到前面，展示自己所擅长的。最后，那个爱画画的孩子走到黑板前，画他经常画的那个女人。这一次，他得到了一盒彩色粉笔，于是勾完线条后，又涂了色。

安娜夫人一直在看，越看越吃惊，她问这个孩子是否见过毕加索的画。

他说可能见过，也可能没见过。在巴黎流浪的时候，他从一个窗户里看到了一幅画，他不知道那是不是毕加索的画。

安娜夫人站起来，走到他身边，问他画的是谁。

他说是他的妈妈，他没有见过自己的妈妈，但他觉得这个女人应该是他的妈妈。

安娜夫人抚摸着这个孩子的头，说他比毕加索画得好。她见过这幅画，毕加索画得有些刻板，仅仅画了一个女人，而这个孩子的画里有无法拒绝的温暖，或无法拒绝的期待。

这个孩子抬起头，看着安娜夫人，用看着那幅画的眼神。我知道，一个孩子看到妈妈从远方归来的时候，一定会用这种眼神。

安娜夫人问他，为什么喜欢画画？

他说好几年前，他在巴黎流浪的时候，遇到了一个画家，在一个池塘边画画。他很喜欢那个画家的画，当然也是因为他饿了，走不动了，于是站在旁边看，又坐在地上看。那个画家给他一个面包，很硬，但吃起来很香。

他吃面包的时候，那个画家问了很多问题，他是哪里来的，他要去哪里，他的妈妈在哪里，他的爸爸在哪里。对于这些问题，他都不知道。

那个画家说如果他喜欢画画，就不断地画，那样能看到自己的妈妈，她一定会在画里出现。

等他吃完面包，那个画家将他送到了这个孤儿院。临别前，那个画家送给他一个破旧的画册，拉斐尔的画册。他不知道拉斐尔是谁，但他喜欢拉斐尔的画，里面有圣母和她的孩子。在教堂里，他看过很多圣母，都是悲伤的，而拉斐尔的圣母是高兴的，看着自己的孩子一天天长大。

那个画家说拉斐尔很小的时候就失去了妈妈，但他喜欢画画，不停地画，最后他的妈妈在他的画里出现了。

那个画家说他们以后可能不会再见，因为他是个流浪汉，不知道自己明天会去哪里。

之后，那个画家再也没有出现，但他记住了他的话，所以不停地画，想妈妈的时候画，不想妈妈的时候也画，总之有时间就画。

最初，他乱涂乱画，但有一天他掌握了线条的秘密，所以觉得那个画家说得对，他的确能让自己的妈妈出现。

安娜夫人认真地听着，身体一动也不动，看起来有些僵硬。她已经被这个孩子领进了一个世界，一个既光明又阴暗的世界。

之前，她可能听说过这个世界，但在这个时刻，她进入了这个世界，看到了这个世界里的一切。之前，她可能厌恶这个世界，觉得这个世界里的一切都是肮脏的、混乱的，充斥着堕落、犯罪与暴力。她不知道是谁告诉她的这些情况，所以将信将疑。

她是一个善良人，善良人不愿意说假话，既不愿意欺骗别人，也不愿意被人欺骗，于是她要来这里看一看。她听到了这个孩子的话，一定是找到了自己想要的东西。

安娜夫人蹲下身，看着他的眼睛，问他在这里生活得好不好。

他说好，就是有时候吃不饱。

安娜夫人问他还想画什么？

他说想画柏拉图先生门前的石头雕像，前两天才立在那里，这个院子从来没有那么美的东西，他一定要画一画，像画自己的父亲一样画一画。

这个孩子说吃不饱的时候，柏拉图先生还能镇定自若。可是当这个孩子说雕像是前两天才立在那里的时候，他的额头冒出了汗。他想掩饰，但汗水在往下流。

安娜夫人好像对此并不关心，她告诉这个孩子，他们会有更好的食物，会有更多的书，会有更温暖的衣服，会有更舒适的被子，也会有更多的粉笔、画笔，还有画画的纸。

安娜夫人向门口走去，与柏拉图先生告别。司机打开车门，安娜夫人上车的时候，好像看了看雕像，又好像没看。

柏拉图先生对于这个动作十分在意。那辆汽车离开后，他想弄明白这个问题，于是将自己的汽车开过来，停在这个地方，模仿安娜夫人上车的样子，要搞明白安娜夫人能否看到雕像。有时候，他觉得看不到，因为安娜夫人的个子比他矮一些；有时候，他又不确定，于是又演示了一遍，而且将这个动作分成很多阶段，每个阶段都要确定安娜夫人能不能看到雕像。

第二天中午，安娜夫人的汽车又来了，但车上只有司机，安娜夫人没有来。司机将车停在院子外面，路易为他开了门，然后一起走进柏拉图先生的工作室。司机拿出一个信封，信封里有一张支票，谁都不知道上面写了多少，但柏拉图先生看起来很高兴。

司机离开的时候，柏拉图先生一路送别。他特意走在左侧，挡住司机的眼睛，让他看不到雕像，而且不停地说话，赞扬安娜夫人是好人，关心这些被时代遗弃的孩子。他说一定不会辜负安娜夫人的愿望，等等。

司机在他的话里迷失了，直到走出院子，进入汽车的那一刻，才得以挣脱。

六

保护拿破仑

柏拉图先生回到办公室，将支票收起来，又急匆匆地走出来。正值午休时间，他远远地看到了拿破仑，也就是那个喜欢画画的孩子。柏拉图先生十分不高兴，于是将拿破仑叫过去。

关于昨天的事，他只字未提，他问这个孩子为什么叫拿破仑，是谁给他起的名字。

拿破仑说是路易，那个画家将他送到孤儿院的时候，是路易接待的，然后给他起了这个名字，并写在姓名册上。

柏拉图先生问，他知不知道拿破仑是谁?

他说以前不知道，现在知道了。

柏拉图先生有些轻视地看着他，问他知道拿破仑是谁，还敢说自己是拿破仑。

拿破仑有些沮丧，不知所措。有父母的孩子从来不会感受到这种沮丧，他们感受更多的可能是无聊。没有父母的孩子会感受到这种沮丧，而且经常感受到，足以让一个人失去希望，觉得一切都没有意义，无论做什么都是错的，无论说什么都是错的，只能畏首畏尾，瞻前顾后，甚至站着的时候都不敢动一动。

当拿破仑走进教室的时候，我看到他的眼睛里有沮丧，与以前完全不同。以前，他看着自己的画，摸着画里的女人，他会温暖地笑，就像进入了那幅画，坐在那个女人身边。而现在，他的眼睛里好像被灰尘蒙盖了，没有一点光芒。他缓慢地走着，他一定在看，好像什么也看不到。但他的记忆力让人惊奇，他会记住柏拉图先生的话，长久不会忘记。他还会记住很多类似的事，长久不会忘记。这些事挤在他的脑袋里，让他无法思考，让他无法呼吸。

很快，我知道了一切。我看着他，就像看着小时候的我。那时候，我在阿尔及尔的街上漫无目的地走，不知道去哪里；我到处看，不知道看到了什么；我到处听，不知道听到了什么。我来法国，是为了扔掉这个样子，但我不知道我能否扔掉这个样子。

即使如此，我要面对一个像我一样的孩子，我要帮助他扔掉这个样子。有时候，我觉得我做不到，所以想放弃，因为放弃也是一个办法。有时候，我又想如果不放弃，会有什么结果。

我觉得我应该保护拿破仑，让他不受伤害。

第二天早上，大门开了。柏拉图先生开着雪铁龙汽车进来，将车停到我的旁边。发动机在运转，我闻到了汽车尾气，不再是芳香的，不再是馥郁的。

他摇下车窗，问我，为什么没有告诉孩子们如何回答慈善代表团的问题？

我说我告诉了，尽管我觉得这样做是不对的。

他说他觉得自己的脸丢尽了，但这并不重要，重要的是他担心孤儿院的前途。

我说，一个孩子说出了他看到的，能有什么错？即使有错，我们也不能怪罪他。

他说孩子做的一切可以原谅，他还会对那个孩子一如既往地好，因为责任全在我。

说到这里，他开始生气，脸憋得通红。看到他生气的样子，我不知道怎么回答，只能安静地看着他。我不知道他的目的，也不知道他的话里有多少意思。我甚至不知道他说过的话有几句是真的，有几句是假的，或是又真又假。

这是一个让我迷惑的问题。从小到大，我听过很多人说话，我从他们的话里很少得到真的东西。但我从来没有怪罪法语，例如不准确，不能表达意思等等，我觉得法语是伟大的、深沉的语言，但我没有能力把握这门语言，所以得不到真的东西。

很快，路易告诉我，拿破仑要被调到另一个房子，那里是柏拉图先生同伙的领地。

路易问我是怎么想的。

我说我知道怎么办。

我去了柏拉图先生的工作室。我不会做任何妥协，因为我没有理由妥协，否则我来法国是为了什么？

我告诉他不能将拿破仑调走，他需要安静，需要尊重，需要关怀，需要温暖。

我安静地看着他，等待他的回应。我从来没有这么安静地看着一个人。这是一种不顾一切的安静，一种无所畏惧的安静，一种等待着混乱，并准备将混乱压倒的安静。我不觉得我是正义的，但我应该保护拿破仑。在这个世界上，他只有一个人，几乎没有反抗的能力，而要收拾他的是好几个人，他们是成年人，有强壮的身体，有各种让人恶心的策略。

这个时代孕育了很多孤儿院，这些孤儿院里有很多孩子，每年都有孩子从孤儿院里消失，谁都不知道他们去了哪里。有人说他们逃走了，这是一个非常完美的回答，但谁都不知道究竟发生了什么。

一个星期后，午餐刚刚结束，拿破仑回到屋子里。他没有画画，呆呆地坐在那个角落里，两眼无神。以前，每当他坐在那里，就会很坦然，很安静，像坐在妈妈的怀里。尽管我不知道这个判断是否准确，但我想是这样的。而今天，他坐在那里发呆，一动不动。

我问他，发生了什么？

他说一个抚育员告诉他以后不能画画了。

我问，为什么？

他说那个人说即使画得再多，画得再好，也找不到他的妈妈。

在这个时刻，我知道一场战争已经开始。这是一场无形的战争，一场精神意义的战争，但与真实的战争有同样的后果，正义胜利，或邪恶胜利，正义一定会胜利，或者说胜利的一定是正义的。

在这场无形的战争里，如果我不能保护拿破仑，不能保护一个无依无靠的孩子，那么我要勇敢地承认，这是正义的失败。正义失败的后果有时候是可见的，有时候是不可见的，但影响都是长远的。获胜的人相信无论用什么方式都可以战胜正义，失败的人沉默不语，或者消失。从此以后，这些孩子会以为这是他们必须接受的生活。

只要是善良的人，谁会允许这种事发生？谁会允许这种事在自己身上发生？谁会允许这种事无限度地冲击自己的信仰？我不觉得我多么善良，也不觉得我多么坚强，实际上我很脆弱，有时候脆弱得要坍缩，有时候脆弱得像一摊泥，但我不想妥协，否则法国会变成我的坟墓。

我找到了那个抚育员，一个逃兵，柏拉图先生的同伙，他满脸堆笑地看着我。

他说没有恶意，是为了那个孩子好。

我什么也没说，只是看着他。

他说别那么敏感，不就是一个小孩，一个没人管的小孩，一切都可以掌控。

我仍旧什么也没说，只是看着他。

他说你要注意自己的言行，不要带坏这些孩子，如果不满意，你可以随时离开。

之后，他不再说话，安静地看着我。

我告诉他，我不会离开。

他耸了耸肩，皱了皱眉头。

我告诉他，这个孩子，我一定会帮助他，保护他。

他耸了耸肩，皱了皱眉头。

我告诉他，我在这个世界上一无所有，所以没有什么是不可以失去的。

他耸了耸肩，皱了皱眉头。

我告诉他，我从来没有看到正义，也从来没有受到正义的眷顾。正义第一次在我面前出现的时候，却被捆住了手脚，我要放开它。

他耸了耸肩，皱了皱眉头。

我没有要求他当面向拿破仑道歉，而是要求他去找到拿破仑，以不经意的方式找到拿破仑，然后用真诚的语气告诉他，他画得越来越好，只要画得越来越好，就能看到自己的妈妈。

我又强调了一遍，要求他用真诚的语气，而不是假装真诚的语气。

之后，我去了柏拉图先生那里，推门而入。

他有些吃惊，问我，为什么不敲门？

我没有回答他的问题，而是讲述了他的同伙做的一切。

他说，那有什么错呢？

我说不管是对还是错，不管这是他的意思，还是他的同伙的意思，我都会保护拿破仑。

然后，我又向他重复了我的观点：我在这个世界上一无所有，所以没有什么是不可以失去的。

他耸了耸肩，皱了皱眉头。

我告诉他，我来这里工作，只求一日三餐，外加一个睡觉的地方，一定有其他的愿望。我想成为法国人，一个善良的法国人，一个平静的法国人，一个坚定的法国人，一个有根源的法国人。对很多人来说，这个愿望是微不足道的，甚至有些无聊，但对于我，这个愿望就是一切。

他耸了耸肩，皱了皱眉头。

我告诉他在成年人的世界里，不要迁怒于人，不要迁怒于无辜者，更不要为难孩子，尤其是一个无依无靠的孩子。

他耸了耸肩，皱了皱眉头。

我告诉他只有堕落的阴谋家才会这样做，他也可以这样做，但会失去人性的光芒。

他耸了耸肩，皱了皱眉头。

之后的日子一如往常。路易像之前一样默默无闻，忙来忙去，营养师像之前一样洗菜、做饭，孩子们吃的没有任何改变，孩子们用的也没有任何改变。

让我感到高兴的是，拿破仑又开始画画了，没完没了地画，不顾一切地画，看见什么就画什么，听到什么就画什么，想到什么就画什么。他喜欢待在那个角落里，有时候画得笑，有时候画得流泪。

柏拉图先生越来越忙了，有时候一天不来，有时候很晚才来。以前，他只有两条领带，现在好像有四条，以前只有一身正经的衣服，现在好像有三身。以前，他开车的时候小心翼翼，现在总是用大脚油门，很远就能听到他来的声音，也能听到他离开的声音。

在孤儿院里，时间好像消失了。没人关心今天是几月几号，没人关心离圣诞节还有几个月，也没人关心这些孩子几岁了。以前，我也有过时间消失的感觉，但现在完全被这种感觉包围，不再关心今天是几月几号，因为关于时间的一切都消失了。我关心的是今天是闷热还是寒冷，如果我感到冷，孩子们是否感到冷？如果我没吃饱，孩子们能否吃饱？

一个早上，天还没有亮，路易去了巴黎，找到慈善代表团，向接待人员说明了情况。

接待人员认为这是一个重要问题，但他们更在意孩子的情况。如果那些孩子因为这笔捐赠而受益，他们认为其他情况还是可以原谅的。

路易告诉他们，孩子们的情况没有得到改善，以前什么样，现在还是什么样。

接待人员说这种情况不多见，但他们有相关的处理方法。无论如何，他们会关注这个孤儿院，如果有条件，还会持续捐赠。

离开前，根据接待人员的要求，路易写了一份文字材料，主要涉及孤儿院的前后变化，捐赠使用情况，以及柏拉图先生的问题。路易认为柏拉图先生在四个方面有问题：

一是垄断信息，所有外界信息都不能进入孤儿院，只有他自己知道，包括慈善捐赠数额，从头到尾只有他知道。

二是工具思维，他将孩子当成工具，将抚育员当成工具，忽视了对于孩子的关心，也忽视了对于抚育员的体谅，而他喜欢工具，因为他觉得自己是握工具的上帝之手。

三是谎话连篇，他说了很多话，他自己也不知道哪句是真的，哪句是假的，如果将他的话在大风里扬起来，很多名词会被大风吹走，很多形容词也会被大风吹走。

四是总想定义别人，但定义的标准不是真诚、勇敢或深刻，也不是实用主义准则，谁有力量就相信谁，他的定义标准是与他是否亲近，是否听他的话，是否奴颜婢膝地赞美他。孤儿院里的人只有接受他的定义，才能获得他的认可。两个逃兵被他定义为光荣的战士，之后他们改头换面，意气风发，什么都可以做，无论做什么都是对的，做错了也是对的。一个抚育员对孩子充满了真诚与友爱，但拒绝他的定义，结果遇到了很多困难，无论做什么都是错的，对了也是错的，最后只能离开。

接待人员说他们会去孤儿院核实，之后向相关部门报告。如果要报告，是隐去他的名字，还是展示他的名字？

路易说展示他的名字，因为他已经做好了准备。

路易说他相信总有一条路通向伟大的正义，哪怕这条路上塞满了嫉妒、阴谋、打压、排挤，他也能看到这条路的尽头，温暖、善良、公平在那里聚集，等着他过去。

路易说他是一个一无所有的人，如果说他还有什么，那就是身体里的炮弹片。这块炮弹片将一直陪着他，无论他走到哪里。

路易说他因为这块炮弹片而觉得与其他人不同，但仅仅是不同，而不是骄傲。他是一个卑微的人，但卑微并不是贬义词，而是一种真实的存在，因为每个人都是卑微的，无论多么高贵，都是卑微的。

路易说他认清了这个道理，所以愿意真实地活着。但真实地活着，并不意味着要接受一切。他愿意接受自己应该接受的，愿意在孤儿院工作，领取非常少的薪水，有时候为了改善孩子的伙食，他会放弃薪水。尽管如此，他还是受到了两个逃兵的歧视和羞辱，柏拉图先生对此是默许的，甚至是鼓励的。他不愿意接受歧视和羞辱，但他还是接受了。最初，他有些不适应，觉得情况会变好，但每次从两个逃兵面前经过，都会看到歧视与羞辱的眼神。他对孩子们那么好，简洁、真诚、温暖、深刻，孩子们那么喜欢他，天天围在他身边，将他当作自己的父亲。他做错了什么呢？如果非要说他错了，应该是对孩子们太好了，让两个逃兵觉得自己在孤儿院里是多余的。

路易说自己不应该接受这一切，尤其是柏拉图先生做的一切，他用隐秘的方式纵容恶，养育恶。在旧法国，他可以这样做，甚至可以更过分一点，但这是新法国，是一百多年的革命所缔造的新法国，他不可以这样做。

想到这里，路易有些激动，但很快冷静下来，给接待人员留下一些话。

路易说着，接待人员记着，笔尖在纸上磨出了声音，两种声音变成了一种声音：

如果将平庸定义为杰出的，这是我能接受的，因为博爱的人也会这样做，信任平庸的人，希望他们变成杰出的人。如果将杰出定义为平庸的，这是我不想接受的，但我也能接受，因为正义的人也会这样做，而且不是出于恶意。如果将平庸定义为杰出的，同时又将杰出定义为平庸的，我一定不想接受，但最后还是会接受。即使法国精神不接受，我也会接受。即使那个被定义为平庸的是我，我也会接受。在那片偏僻的树林里，在那个高深的院子里，谁知道里面发生了什么，谁又能证明里面发生了什么？所以，我接受我不愿意接受的。

那些侮辱人的人，我希望他们不要隐藏，不要用自己的话隐藏，不要用自己的微笑隐藏，不要用自己的谦逊隐藏。我希望他们理智一点，真诚一点，做个善良的人，做个温暖的人，不要成为贪婪的信徒，不要成为欺骗的信徒，不要成为虚伪的信徒，结果失去了自己，毁掉了自己，也毁掉了正义。

那些受到侮辱的人，我希望他们有力量将不利的变成有利的，在困境中开创全新的路。最后，他们可能会感谢这种困境，因为他们在困境中发现了真实的法国，发现了自己的力量。他们可能会感谢这种困境，但一定不是出于个人情感，而是出于深沉的历史情感。

但是，如果那些侮辱人的人又这样定义身边的人，让他们变得奴颜婢膝、俯首帖耳，自己却在人性的暗流里横冲直撞、肆意驰骋，将虚伪当作真诚，将奸滑当作高雅，将无耻当作荣耀，将白说成黑，又将黑到处涂抹，这是我不能接受的，也是法国精神不能接受的。孤儿院会变成奴隶院，孩子们感受不到温暖，感受不到正义，他们学到的只是虚伪、奸猾、无耻的技艺，然后将真诚、高雅、荣耀永久地驱逐。

法国从来不缺这样的人，从古到今都不缺。如果这样的人出现在我们身边，无所不取，无所不用，谁愿意接受？如果我仍然接受，一个让人迷惑的漩涡会在孤儿院里出现。这个漩涡越转越快，漩涡中心出现了一片旋转的黑暗。这片黑暗在变大，而且越来越大。我不能说这是恶的，但我知道这是人类良知不愿意接受的。那个离开的抚育员也不愿意接受，但除了离开，他能怎么办？离开之后，除了沉默不语，他能怎么办？

如果那些侮辱人的人用自由的名义为自己辩护，我要说他们没有理解自由的内涵，反而糟蹋了自由。如果自由与平等分开，如果自由与正义分开，如果自由与温暖分开，如果自由与真诚分开，那么这种自由等同于专制。法国精神是自由、平等、博爱，缺一不可。然而，他们打碎了法国精神，自由走向了它的反面，平等走向了它的反面，博爱也走向了它的反面。只有愚蠢的国王会这样做，所以我们不喜欢国王。但愚蠢的国王已经没了，竟然还有人这样做。

我对这样的人是厌恶的，比厌恶愚蠢的国王还要厌恶，因为他们要隐秘地恢复奴役与被奴役，压迫与被压迫，剥削与被剥削。

一个月后，邮递员送来一封信。那时候，柏拉图先生刚来，在柏拉图的雕像附近走来走去。邮递员敲响了门，路易没有在这里，所以柏拉图先生去开门。邮递员将信放到他的手里，说了几句话，然后骑车走了。

柏拉图先生打开信封，仔细地看，站在那里一动不动，像柏拉图的雕像一样。过了一会儿，他跑到一个放置废旧物的仓库，翻来翻去，在角落里找到四个年代久远的橡木书架，纹理十分古老。他让两个同伙抬出去，认真地清理灰尘，直到一点灰尘都没有，然后抬到四个房子里，每个房子一个。之后，他找到营养师，告诉他从今以后为孩子们多加奶酪。从厨房出来后，他又让我将木箱子里的书取出来，一本不剩，放到那些架子上。

交代完后，柏拉图先生开着雪铁龙汽车走了，匆匆忙忙，出门的时候挂错了挡，结果发动机憋死了。他重新发动汽车，用最低挡跑了好长一段路。午餐后，他回来了，将汽车开到厨房门前，让营养师帮他卸货，六大块圆奶酪，还有很多长棍面包。孩子们喜欢吃长棍面包，但营养师并不经常做，因为费时费力，而且废柴火。

之后，柏拉图先生召集营养师和四个抚育员过来。他有些紧张，但看起来无限真诚。我从来没有看到他这样真诚，哪怕是我给他写了演讲稿，他也没有这样真诚。

柏拉图先生说他收到了一封信，今天下午，或最晚明天上午，慈善代表团会来调查捐款使用情况。这封信来得太晚了，邮递员之前没找到路，太失职了，但他并不想追求邮递员的责任。

柏拉图先生真诚地看着我们，要求我们为了孩子们生活得更好，面对慈善代表团的时候，要言辞优雅、温和、理性，告诉他们能让他们高兴的一切，当然也足以让我们高兴的一切。

院子外面的路上传来汽车的声音，由远及近。柏拉图先生有些慌，用手搓了搓脸，让我们回到各自的地方。汽车在门前停下，他去开门，用恭敬的眼神看着汽车开进来。

车上下来两个男人，一个六十多岁，有些胖，一个三十多岁，兼职司机。胖男人摘下帽子，他说他们之所以来这里，是例行公事，慈善代表团每年会选择一些资助对象，尤其是那些有进一步资助需要的对象，做些调查，确认后续事宜。

说完后，胖男人拿出慈善代表团的文书，以及巴黎教育部门的文书。柏拉图先生第一次见到这些文书，所以看得十分仔细。

之后，他抬起头，看着胖男人。他的眼神有些奇怪，里面有拒绝，也有欢迎，有温暖，也有冷漠，有痛苦，也有快乐。

胖男人走进一个房子，迎面是书架。他取了一本书，《蒙田随笔集》。这本书看起来很旧，但看的人不多，所以并不破。里面有一个折角，他翻到这一页，其中的一句话被圈出来：

人间总有那么多出其不意的突变，很难说我们怎样才算到了穷途末路，人只要一息尚存，对什么都要抱有希望。

在这句话的旁边，看书的人写了评论：

我在这里已经工作了两年，每天像工具一样制造步枪枪栓。我不知道我造了多少枪栓，我不知道我还要造多少枪栓，我不知道这些枪栓激发了多少子弹，我更不知道这些子弹去了哪里。这就是我的人生，谜一样的人生。

最后，看书的人写了日期，1917年8月26日。胖男人一边看，一边读，完完整整地读完这个人的评论，还有他写的日期。

孩子们以为胖男人是来给他们上课的，所以都在认真地听。不过，他读得的确好，非常清晰地表达了这个人的心情，一种困在未知中的心情。孩子们觉得自己有时候也是这样的，所以用期待的眼神看着他，希望他有好办法。

胖男人读完后，看着柏拉图先生，问他，这些书是不是以前在这里工作的人留下的？

柏拉图先生没有承认，也没有否认。

胖男人问他，对于这样的事是鼓励的、默许的，还是反对的？

柏拉图先生没有承认，也没有否认。

胖男人告诉柏拉图先生，他要单独举行会谈，既包括院长和抚育员，也包括这些孩子，他会尽力保证信息的完整与准确。

胖男人认为厨房比较好，于是柏拉图先生为他准备了凳子，还有一张桌子。胖男人走进厨房，坐在凳子上，对面就是那堆圆奶酪。

第一个进去的是柏拉图先生。谁都不知道胖男人问了什么问题，但我们看到了他出来的样子，像一朵盛夏时节被热辣的太阳晒蔫的花。以前，我们看到的总是一张容光焕发的脸，无论他的衣服多么整洁、高雅，都配不上他的脸。而此时此刻，他的脸失去了光彩，无论如何都配不上他的衣服，尽管他的衣服看起来有些脏。

第二个进去的是营养师。当天晚上，他告诉我了一切。胖男人看起来温和，但每个问题都很尖锐。他是巴黎北边一个孤儿院的院长，知道孤儿院里的一切，所以他希望营养师讲述真实的情况。

营养师没有任何隐瞒，就像讲故事一样将这里的一切讲出来，饭菜情况什么样，以前什么样，现在什么样；孩子的身体情况什么样，以前什么样，现在什么样；孩子的心理情况什么样，以前什么样，现在什么样……

胖男人打断了他，问他是不是没有变化。

营养师说如果乐观地说，是没有变化，如果悲观地说，是变差了。

胖男人有些不解，因为他看到了面前的那堆奶酪，每当抬起头，都会看到那堆奶酪。

营养师说那是新买的，今天上午新买的。

胖男人记下这一切，又抬起头看着营养师，问他是否愿意为自己的话负责。

营养师说他会为自己的话负责，还愿意在这些话的后面签字。

他说他是这些人里年龄最大的，七十岁，活不了多久了，他不想留着遗憾离开这个世界。二十多年前，他在这里工作，为那些制造枪炮的工人做饭。战争结束后，工厂解散了，他回到故乡。几年后，他收到了一封信，希望他回来做饭，但不是为了枪炮工人，而是为了一群失去父母的孩子。他没有理由拒绝，因为在法国很多地区，年轻人已经很少见，都在战争里死去了，一天到晚遇到的都是老年人。第二天，他向故乡的老朋友告别，收拾行李来到这里。看到这些孩子后，他觉得应该来这里工作，比上一次要有意义得多。

胖男人记下这一切，又问了几个问题：这里的抚育员有几个，是否频繁地离开，离开的原因是什么。

营养师说这里有四个抚育员，其中一个是新来的，接替不久前离开的。实际上，那个人并不愿意离开，因为他也是孤儿。但他觉得在这里失去了自我，无论做什么都是错的，对了也是错的。为了这群孩子，他愿意在一些方面妥协，但拒绝无限度妥协。如果柏拉图先生做不应该做的，他就会拒绝，而且是当面拒绝。

营养师说他看到过他们的争吵：“我们在这里工作，是上帝的旨意，但你不能把自己当成上帝。你却把自己当成上帝，然后定义我们，说我们这里不好，那里不好。如果我们反驳，你就说我们恃才傲物，背叛上帝。”柏拉图先生气得一句话也说不出来。第二天，那个抚育员就离开了。路易想要挽留他，但他去意已决。尽管一无所有，尽管不知道晚上在哪里睡觉，但他是真诚的、坚定的、有原则的人，也就不会拒绝流浪。流浪是这种人的精神根基，只要这个根基在，他们就能自由自在地活着，尽管孤单一人，一年到头不说一句话，他们仍然觉得这是最好的归宿。

胖男人问营养师，为什么要接受柏拉图先生的定义？如果接受意味着什么？如果不接受意味着什么？

营养师说谁接受他的定义，他就喜欢谁。而接受他的定义，不但意味着失去自己，还意味着会失去人的本真。人的本真是什么？是独特的生命，是自我认可的生命，我们能看到自己的影子，对着自己的影子说话。而他要将我们的影子去掉，让我们看不到自己的影子，只能跟着他的影子，或成为他的影子。只有造物主有这种力量，而他希望有这种力量。他觉得自己就是造物主，将我们的本真揉来搓去，像造物主手里的泥。他既然是造物主，怎么会容许身边有自我定义的人？他需要的是言听计从的仆人。当一个仆人出现的时候，他是高兴的，他的眼睛里闪着光，就像看到了希望。奴隶制度已经消失，他一定不想再做个奴隶，但他希望别人做他的奴隶。他拒绝受到奴役，但他喜欢奴役别人。在孤儿院的每个地方，他希望所有的人对他笑脸相迎，珍惜他的每个想法，哪怕是无法实现的谎言。他将孤儿院里的正义团起来，就像团起一张废纸，扔到垃圾桶里，然后将自己装扮成法国精神的象征，看起来自由、平等、博爱。有些人接受他的定义，是想获得更多，或从他那里学到复活奴隶制度的技艺，然后享受着奴隶制度的一切。这是对于人性的最大诱惑。柏拉图先生沉浸在诱惑中，十分欣慰地看着仆人在他面前出现又消失，无论他们做了什么，他都觉得他们是对的，错的也是对的。其中一个人将一个孩子关在黑屋里，关了十天，以至于失去了正常意识，每天像梦游一样，经过路易的悉心照顾才恢复。但他觉得那个人什么也没做错，反而觉得路易做得不太对。

之后，胖男人见了路易。路易进去的时候，像一个胜利者，出来的时候也像一个胜利者，他什么也没说，但他的眼睛会说话。他的眼睛告诉我他是一个胜利者，坚定、无畏，即使会失去一切，即使会被未知埋没，但他有力量将失去当作荣耀，将未知当作深刻。

不过，对于这个判断，我可能是错的，因为在这个世界上，对于路易来说，已经没有什么是新奇的，也没有什么是陌生的，包括死亡，所以他不是胜利者，而是平静者。

路易首先感谢了胖男人，谢谢他来到这里，坐在这里，面对着这个神秘院子里的一切。

胖男人说这是他应该做的，他觉得自己亏欠了这些孩子，整个法国都亏欠了这些孩子。他们本来不愿意来到这个世界，但他们来到了这个世界，被迫接受这个世界的一切。如果知道这一切，谁会愿意来到这样的世界？

路易讲述了他知道的一切，包括食物状况、住宿状况，还有那些书的来历。那些书是以前的工人留下的，他以前读过，营养师读过，默尔索也读过，但孩子们读不懂。尽管那些书里有一个真实的法国，尽管孩子们已经隐隐约约地看到了真实的法国，但仍旧读不懂。

出来之前，路易向胖男人提了一个要求，希望柏拉图先生说明慈善捐助的开销计划。这里的人不知道慈善代表团捐了多少，也不知道柏拉图先生如何使用这笔钱。他不想获得任何一点，但他希望这笔钱用在孩子们身上，而且能让他们感受到，不是用眼睛看到，而是用嘴吃到、喝到，用身体感受到。只有这样，这笔钱才能变成真正的温暖，让他们觉得自己是存在的，在当下是存在的，在未来也是存在的。

之后，两个逃兵先后走进了厨房，只有柏拉图先生知道他们说了什么。但我看到了他们出来的样子，是一种掩饰得很好的沮丧，所以看起来十分轻松。他们从我身边经过时，眼睛看着地面，之前那种愤怒的斜视不见了，高傲的直视也不见了。他们好像没有看到我，就轻轻地走过去。

我推开厨房的门，又关上，里面有些暗。阳光穿过窗户，照在胖男人的脸上，像一幅画。他一直看着我，看着我走过来，看着我坐下。

他说很高兴见到我。

我说很高兴见到他。

他说他是受慈善代表团委托，来这里调查，希望知道这里的真实情况，我可以选择沉默，但假的不要说。

我说我来自阿尔及尔，我的父亲在战争里死去了，我从小没有见过他，但我知道他是法国人，而且是在巴黎的孤儿院长大，所以我来到巴黎。之后，我四处流浪，看到了这个孤儿院的招募启事，就来到这里。我一无所有，但不是没有追求，我有很高的追求。

胖男人在记录，等我说完后，他问我，对这个孤儿院有什么评论？

我说这里的孩子值得我们付出一切。他们一出生就受到不公正的待遇，他们无力承受，但只能承受。无论他们能否长大，无论长大后做了什么坏事，他们都是没有责任的。如果要追究他们的责任，首先要追究法国的责任，或者追究这个时代的责任。

我放慢说话速度，因为我看到胖男人跟不上。

我告诉他这个孤儿院也有责任，因为这里没有给他们提供好的成长环境。我们执行柏拉图先生的意志，而柏拉图先生不是为了这些孩子。相反，这些孩子是他的工具，表演的工具。我不知道这个判断是否准确，但我确定这些孩子没有得到很好的照顾。柏拉图先生到底想要什么？我不知道，但我知道他不应该获得这些东西，至少不应该从这里获得这些东西。他可以去经商，可以去从政，可以去务农，然后获得他想要的，但他不能从孤儿院里获得这些东西。

胖男人要求我说得具体一些。

我提到了演讲稿的问题，那是我为柏拉图先生写的，我也同意他宣读，我甚至接受别人以为那是他写的，但我不接受他说那是他自己写的，是通过自己的观察写的，而且是在与这些孩子的相处中写的。他可以说谎，但不能说得过分，说得离奇。但他这样做了，没有一点悔恨。那个演讲稿源于我的生命体验，我是在苦闷与孤独中长大的，与这些孩子一样，所以我知道他们需要什么。柏拉图先生不知道，但他假装知道，而且让人看起来他不是假装知道，而是真的知道。

我又提到柏拉图雕像的问题。那是慈善代表团来的前两天立起来的，但柏拉图先生坚持说是两年前立起来的。为了展示这个雕像的老旧，他让我们将雕像放进泥水里浸泡、涂抹。安娜夫人来的当天，一个喜欢画画的孩子说出了真相，柏拉图先生很生气，一度要和同伙惩罚他。我们几个抚育员保护了他，但他还是受了一些伤害。我相信他会恢复过来，继续热爱画画。他的记忆里一定有这段经历，我希望他将这段经历看作通向真理的代价，而不是通向邪恶的诱惑。

胖男人问我，他们怎么伤害这个孩子？

我说他们讥笑他的名字。他叫拿破仑，他们说他不应该叫拿破仑，那是对拿破仑的羞辱。他们又否定他画的画。对这个孩子来说，画画是精神支撑，他觉得只要画下去，就能看到自己的妈妈，所以疯狂地画，不顾一切地画，没完没了地画。但他们说他无论怎么画，都不会见到自己的妈妈，因为这是谎言。这个孩子突然间失去了力量，就像一根还没长开就将枯萎的草。

胖男人希望我将这个孩子叫过来。

我告诉他不能用任何语言伤害他，无论是直接的语言，还是间接的语言。

他点头同意。

我站起身，打开门，又转过身，闭上门。闭门的时候，我看到了他的脸，在昏暗中被一束光照亮。

拿破仑还在那个角落里画画，低着头。

我告诉他一个温暖的胖男人要见一见他，不必有任何担心，如果要说话，就说自己看到的，无论看到什么，都可以说出来。

拿破仑走进去的时候，我看到胖男人微笑着看拿破仑，真诚、温暖。他邀请拿破仑坐在面前的凳子上。

拿破仑进去的时候有些担心，但出来的时候是高兴的。他说那个胖男人鼓励他画画，而且一定会在画中遇见自己的妈妈。胖男人问了他几个问题，例如雕像的问题，认为他做得对，勇敢地说出自己看见的，这是法国人的精神，也是正直人的精神。

胖男人走出厨房，再次走进孩子们的房子，从第一个房子走到最后一个房子，在每个房子里待一会，与三五个孩子交谈。

我们在远处看着，看着他俯下身，与一个孩子交谈，有说有笑，又看着他蹲下去，与另一个孩子交谈，仍旧是有说有笑。

最后，胖男人向我们走来，说调查已经结束，他得到了想要得到的。他还告诉我们，他会将这些信息转交慈善委员会。

汽车开走了，柏拉图先生久久地站在院子里。他看着周围的一切，又好像什么也没有看到。在夕阳中，他的雪铁龙汽车闪着黄色的光。我厌恶这种光，但由于是夕阳之光，所以不再那么耀眼。

十多天后，柏拉图先生收到一封来自巴黎教育部门的信，他被免职了，从此不再是这个孤儿院的院长。他还失去了自己的前途，因为如果没有这件事，他本来会升任一所小学的校长。当天傍晚，柏拉图先生收拾了工作室，将所有东西装在破旧的袋子里，然后扔到车上，一个人开着雪铁龙汽车走了。

根据巴黎教育部门的建议，新任院长由全体抚育员投票决定。营养师无法拒绝我们的愿望，成为新任院长。他做的第一件事是让我们在六天内吃完六个圆奶酪，每天一个，三餐都有。之后，他向比塞特医院附近的奶酪作坊定了一年的奶酪，因为他坚信奶酪里有法国精神，天天吃奶酪，才是完整的法国人。

营养师做的第二件事是带领孩子走出孤儿院，沿着一条路向前走，不向右转，也不向左转，前面有沟就跨过沟，前面有水就蹚过水，前面有山就爬过山，这样才能了解法国的地理。

在一个秋天的清晨，太阳刚刚出来，所有抚育员起床了，所有孩子也起床了。每个人带足了昨天晚上大家一起做的面包，然后上路。我们一路向南走，一直走到天黑，跨过了三条沟，一条沟很浅，一条沟有点深，一条沟很深，还有流水。我们爬了一座山，不高，但上山之路都是荒草和荆棘，有的孩子被扎伤了，但没有孩子哭。我们还过了一条河，秋天的水有些凉，但是不深，所以不用脱衣服。

在山上休息时，中午已过，太阳照耀着大地，向北看一览无余，埃菲尔铁塔立在那里，有些模糊，但足以说明那里是巴黎。向南看同样一览无余，到处是农田，有的田地已在收获，可以看到稀稀疏疏的人。孩子们有些难过，因为他们看到父母和孩子在农田里忙来忙去，那些孩子在奔跑说笑，从南面吹来的风带来了他们的声音。

孩子们看着发呆，路易知道发生了什么。

他告诉孩子们这是我们都向往的生活，既包括你们，也包括这些抚育员。我们的家庭都在战争里破碎了，但这不是我们的错。

他还告诉孩子们，失去的东西会在另一个时刻，以另一种方式出现。

孩子们有些迷惑。但这是路易想要的结果，因为迷惑会让他们忘记本来难以忘记的痛苦。

一路上，柏拉图先生的两个同伙最大限度地表达了他们的悔恨。他们没有当众忏悔，但他们将自己的面包分给饭量大的孩子，他们背着实在走不动的孩子，他们跑到前面探路，第一个走过深沟，第一个蹚过河水。其中一个脚扭伤了，但他装作什么也没发生。他们展示了温暖、无私的爱。我觉得这是他们所能展示的最温暖、最无私的爱。

有人可能会说他们是墙上的草，东风来了向西倒，西风来了向东倒。但在法国人的思想中，人本来就是利己的，如果是为了利己的目的，又没有伤害别人，他们仍然有存在的理由。

只是我一直不明白一个问题：这些穷苦出身的人，在一个时刻得势了，变得骄纵异常，欺压身边的人，用直接的方式，或隐秘的方式，这是为什么？

我一直想弄清楚这个问题。他们从我面前经过时，我会想一想这个问题。虽然他们看我的眼神不再像饥饿的非洲鬣狗，我仍然想弄清楚这个问题。

在阿尔及尔的时候，我见过非洲鬣狗，关在铁笼子里。它可能饿了，所以看到我来的时候，低着头，张着嘴，低吼着，斜着眼看着我。我永远忘不了它的眼神，里面有无度的觊觎，也有隐秘的期待。之前，柏拉图先生表扬我的时候，我看到了两个同伙的眼神，就立刻想起了非洲鬣狗。

这时候，他们又从我面前经过，转身看了我一眼，眼神中的觊觎与期待不见了，我必须承认那是一种温暖的关怀。他们没有跟我说话，但他们的眼睛会说话，仿佛在问：是不是累了？是不是饿了？需不需要帮忙？

我不需要他们的关怀。在这个世界上，我不需要任何人的关怀，除了已经逝去的父亲。我之所以观察他们的眼睛，是将他们的眼睛看作变化的艺术，在一个时刻从恶变成善，在另一个时刻从善变成恶，在一个时刻将善伪装成恶，在另一个时刻将恶伪装成善。

这是一种善与恶的艺术，十分高深，也十分常见。既然是艺术，就一定有美的东西。有的人只能享受善的美，躲避恶的美，或害怕恶的美。而我既能享受善的美，也能享受恶的美。这种享受有时候让我飞扬，有时候让我坠落。但无论飞扬还是坠落，我都珍惜这种享受。

临近圣诞节不远了。一个中午，孤儿院的大门被敲响了，听起来十分有节奏。路易去开门，这是他的习惯。他打开门上的小窗，跟外面的人说话，我看到他的头发几乎全白了。一个四十多岁的人，忙来忙去，带着身体里的炮弹片，还有一头白发。

刚来这个世界的时候，他一定是眼睛里闪着光的婴儿，摇着手，蹬着腿，扭动着身体，像所有婴儿一样，饿了会哭，高兴了会笑。四十多年过去了，他的眼睛里还有光芒，但不再是纯真的光芒。他的头发还是柔软的，但颜色已经褪去，好像到了一个轮回的终点。是谁主导了这一切，是谁让一个善良的人失去了光芒，失去了力量？

大门开了，一辆卡车进入院子。

路易说巴黎的一个学校更换音乐器材，其中有架钢琴，他们做了修理，看起来像新的一样。他们觉得这里可能需要，所以就运到这里。

营养师和所有人都没有拒绝的理由。孩子们更喜欢，有些孩子可能从没有见过钢琴，有些孩子可能从没有听过钢琴的声音。他们站在卡车周围，好奇地看着。让他们震惊的是，车里还有一个女人，一个无论从哪方面看都适合成为他们妈妈的女人。她向他们挥手，向他们问候。但他们都知道，那不是他们的妈妈。她是钢琴调音师，一会儿要调音，还会为孩子们弹一个曲子，唱一首歌。

营养师搬不动，所以在旁边指挥。几个年轻的抚育员一起往下搬，我和路易在车上，柏拉图先生的两个同伙在车下。营养师觉得应该放在厨房里，那个曾经放书的地方，也就是我点着蜡烛，点着橡木枝子看书的地方，因为那里空间很大。

放好之后，调音师坐在钢琴前面，从低音调到高音。之后，她演奏了法国音乐家德彪西的《阿拉伯舞曲》。

我不知道德彪西是谁，估计这里的很多人都不知道，因为我们是在炮火中，或是在炮火的回响中长大的。但这不妨碍我们觉得这首曲子很美，开始的时候灵巧，之后变得舒缓，然后变得深情，最后回归沉静。

我闭上眼睛，就像看见了阿尔及尔的夕阳。我睁开眼睛，又看到了这个女人的背影，那么优美。这是一种我从来没有见过的优美，甚至从来没有想到的优美。之前，我见过的女人都是匆匆忙忙的，为了自己能活下去，为了她的孩子能活下去。

她又弹了一首流行曲，《躺在干草里》，关于一对农村青年男女的爱情故事。为了彼此的爱，他们躺在干草里晒太阳；为了彼此的爱，他们可以不顾一切。

她一边弹，一边唱，所有的声音在她身边围绕，然后向外传播。她的背影在韵律中摇摆，像一幅会动的画。

我们躺在干草里，
太阳是我们的见证，
远处的小鸟唱歌。
我们立下誓言，
我们相互祝愿，
我们含着树枝，
我们亲吻在一起。
生活是甜蜜的，
生活是温暖的。
……

面对这样的优美，我有些自卑。我还有爱的愿望，却失去了爱的能力。我觉得这不是我的错，因为我本来就没有爱的能力。除了阿尔及尔的那只狗，我对它展示了我的爱，但对于其他人，我失去了爱的能力，哪怕面对一个优美的女人，我仍然是麻木的，甚至会胆怯。想到这里，我再次感到了自卑，但我又能怎么办?

我安静地看她弹琴，安静地听她唱歌，安静地看着她站起来，对我们行礼，然后安静地看着她上车，离开。

这场音乐会之后的两个月，营养师去世了，在厨房里，他的心脏突然失去了力量。他还没来得及呼喊救命，就去世了。之后，路易接替了院长职务，每天早早起来，为孩子们做饭。

他与营养师的理念一样，将几乎所有的捐助用在孩子们的饭上。他觉得书籍当然重要，娱乐也很重要，但捐助就这么多，所以首先要让孩子们吃饱，健健康康，长大之后喝点酒，吹吹牛，像拉伯雷一样，做个快乐的人。

不久之后，孤儿院又对外招募抚育员。招募启事出现在巴黎的街巷里，上面的画由拿破仑负责。他画了自己最擅长的母亲图，她仍旧坐在椅子上睡，但她的怀里多了一个孩子。

招募启事上的文字也变了，不再是兰波的诗歌，而是我为柏拉图先生写的演讲稿:

> 这些孩子没有一个愿意来到这个世界，但他们来了，孤孤单单地来了。在这个年纪，如果他们还能躺在父母的怀里撒娇，一定不会后悔来到这个世界，但他们没有了父母，独自一人。如果这是和平、温暖的世界，他们应该不会后悔来到这个世界。但这不是和平的世界，也不是温暖的世界。刚刚结束的战争让很多人失去了生命，这些孩子活下来，他们是幸运的，又是不幸的，因为他们遇到了无数的困难。有时候，他们还不知道困难在哪

里，就被困难吞噬。他们一定有很多想说的，但他们能向谁说，谁又会听？

很快，一个年轻人来了，他符合孤儿院的所有要求。三天后，又有一个年轻人来了，他同样符合孤儿院的所有要求。他们都在巴黎流浪，在流浪的时候看到了招募启事。他们可能也会像我一样，在这里看到一个让他们陌生、新奇、难过或亢奋的法国。

离开孤儿院前一天的晚上，我与路易久久地坐在厨房里，坐在钢琴边。

他问我要去哪里。

我说去找父亲的墓。

他说他知道马恩河战士的集体墓地，并为我画了一张图。

他谈到自己的理想，但他没有太大的理想。这里的孩子已经长大，有些已经离开，有些也有离开的打算。过段时间，他也会离开这里，但离开后去哪里，他不知道。

在最后的时刻，他说的话让我永远忘不掉。

他说这个孤儿院就是法国。他说这里有很多苦难，既有历史的苦难，也有现实的苦难，既有身体的苦难，也有精神的苦难。他说有些苦难看得见，有些苦难看不见，有些苦难能说出来，有些苦难说不出来。

他说这个孤儿院里有两种人，一种是正义的人，一种是看起来正义的人。正义的人默默无闻，看起来正义的人变成了正义的人。他们做的一切都是正义的，因为他们有办法让一切看起来是正义的。只有看起来是正义的，他们才能获取一切，既获取应该得到的，也获取不应该得到的。如果获取了应该得到的，他们看起来很谦逊；如果获取了不应该得到的，他们看起来还是那么谦逊。

他说正义的人背负着沉重的东西，任劳任怨，却因为任劳任怨而受到轻视、排挤、打压。当正义的人无法承受重担的时候，当看起来正义的人获取了太多不应该获取的东西的时候，法国人就会闹革命，所以法国的 19 世纪是革命的世纪。

他说这个革命的世纪不是从 1800 年开始的，而是从 1789 年开始的。

他说这个革命的世纪没有在 1900 年结束，它还在延续。至于延续到什么时候，他并不知道。

他说他本来以为上次世界战争之后，这个世纪会结束，但他觉得没有，因为新的战争正在生根发芽。

他说法国人活得很苦，从来都很苦，以后可能也不容易。法国人的心里有美好的理想，但在一次次的革命与战争里被打碎，最后还剩下几个，也已经残缺不全。

我问他，如何区别正义的人和看起来正义的人？

他说不能根据表象区分，因为看起来正义的人比正义的人更正义。

他说首先去寻找那些默默无闻工作的人，他们有自己的理想，尽管很渺小，却很伟大。如果发现他们做的一切受到了阻挡、轻视，或刻意为难，看起来正义的人就会暴露自己。这样的人在法国历史上从来都不缺，而且会出现在每个地方。他们让自己看起来是正义的、善良的、优雅的，实际上却不是。

我问他，正义的人要怎么办，在困难中是否还要坚持正义？

他说正义的人要感谢这些损害。他们之所以受到损害，不是因为自己错了，而是因为遇到了恶。他们厌恶恶，反对恶，驱赶恶，才知道自己是正义的，还是不正义的。如果他们确认自己是正义的，就一定不会脆弱。如果他们继续往前走，一定能发现无尽的正直、善良与温暖。有些像他们一样的人，早就穿越了恶，来到这片正义、善良与温暖之地，看着他们一路走来，为他们欢呼。

他说只有理解了这个问题，才能理解真实的法国。

我在简陋的床上躺下时，已经是深夜，月光透过窗户照进来，照在我的脸上。我看向窗外，外面的风很大，天上的云在飞快地跑，很快将月亮遮掩，到处是昏暗。在昏暗里，我不知道什么时候睡着了。

七

动荡综合症

第二天，我起得很早，离开得也很早，没有看到任何人，包括那些孩子。我背着一个包，提着一个包，离开了孤儿院，沿着来时的路，一路向北，经过那个机场，又经过比塞特医院。我站在比塞特医院的大门前，向里面看了看，看到了我睡觉的地方。

到达巴黎的时候，已经是傍晚。同样是傍晚，但巴黎的傍晚与孤儿院的傍晚完全不一样。孤儿院的傍晚是一天中最安静的时候，孩子们会在这个时刻想念一些东西，几乎都沉默不语。抚育员会在这个时刻想念一些东西，包括我，也会沉默不语。

但巴黎的傍晚不一样，这里没有想念，只有索取和没有边际的雄心壮志。我看着行人匆匆而过，奔向一个又一个目的。没有人知道他们想要什么，但他们的确在奔向自己的目的。这些目的在傍晚的时候复活，在凌晨的时候消失。

两个月后，我恢复了流浪汉的样子，包括头发、眼睛、面容、衣服、鞋子，无一例外。我的头发越来越长，如果不理一理，就会盖住眼睛。我的面容看起来有些憔悴，与优雅的巴黎格格不入。但我的眼睛出奇地明亮，而且越来越纯净，因为我不苛求一切，我只是平静地看着一切，无论是好的还是坏的。我几乎不说话，不与人讨论我看到的一切，所以我的眼睛就是这一切的终点。

我的衣服已经与巴黎街道融为一体。有时候，我会想我的衣服上有整个巴黎的尘土，有整个巴黎的颜色，有整个巴黎的形状。

但我最在意的是鞋子，因为我得走路，不停地走路。饿的时候，我要走路；冷的时候，我要走路；困的时候，我也要走路。只有不停地走路，我才能活下来。而走路需要鞋子，而且是合适的鞋子。如果我对这个世界还有要求，那么请给我一双合适的鞋子，破了一双再给我一双。

当我意识到这些问题的时候，我已经完全恢复流浪汉的样子，从我面前经过的人一眼就能看出我是流浪汉。这一点无法欺骗，也无法隐瞒，所以我十分真诚地走在巴黎的街巷里，十分纯粹地走在巴黎的街巷里。我的每个动作很缓慢，缓慢地理理头发，缓慢地坐在路边，缓慢地吃点东西，缓慢地站起来……时间对于我已经没有意义，空间对于我也没有意义。

我敢说我是真诚的、纯粹的，我也敢说巴黎的所有流浪汉是真诚的、纯粹的，没有任何表演的愿望，也没有任何欺骗的愿望，因为流浪是一种极致的生活，也是最后的生活，再向前一步就是死亡。在这个世界上，没有什么比死亡更接近真理，所以流浪汉是真理的使者，或通向真理的先驱。

不幸的是，我在阿尔及尔时的状态又来了，像个野兽一样，要将我扑倒。我想赶走它，但它来了就不走，抓着我的头发，拽着我的衣服。我想挣脱它，一次次挣脱它，但它仍然跟在我身后，等我睡觉的时候骑到我身上。

这是我最虚弱的时刻，只能任凭它摆弄。每当醒来，我觉得已经被它征服，躺在地上不愿意起来，甚至不愿意睁眼，更不愿意说话。清洁工在我旁边扫地，灰尘飞进我的鼻子，我都不愿意提醒他离我远一点。

有时候，我会想一想为什么我变成了这个样子。我刚来这个世界的时候，可不是这个样子。我与其他小孩一样，饿了会哭，渴了会叫，吃饱喝足了就不哭不闹，蹬腿，转头，注视，微笑。长大之后，我发现我与很多人不同，尤其是与那些有父母的人。我好像与他们生活在两个世界里，他们在意的东西让我厌恶，而我在意的东西让他们觉得无聊。

在孤儿院工作的几年应该是一段非常好的时光，像葡萄园里的时光一样，我动起来了，身体动起来了，精神也动起来了，我勇敢地保护了一个孩子，甚至保护了一群孩子。

但我已经离开孤儿院，再也回不去了。那些孩子已经长大，然后一个个地离开。他们会去哪里，我不知道，就像我不知道他们从哪里来一样。实际上，我是想知道的，我只是无能为力。我知道了又能怎么样？我知道他们未来会遇到很多困难，我也不能帮助他们，我甚至都不知道怎么帮助我自己。

我觉得是无能为力的感觉让我变成了这个样子。但这种感觉来自哪里，我也不知道。我只能从一种无能为力进入另一种无能为力，从清晨的无能为力进入傍晚的无能为力，从清醒时的无能为力进入失眠中的无能为力。

我的睡眠越来越差，不是我不想睡，也不是路面太硬，或行人脚步匆匆，而是因为我睡不着。从躺下的那一刻到站起来的那一刻，我会数经过的人，有时候我能数到一千两百人。

我最喜欢的是一个人经过的场景，大街上安安静静，那个人从远处走来，他最好穿着皮鞋，走得不要太快，咯哒……咯哒……坚硬、清脆，开始的时候声音很小，走近的时候会变大，走远的时候又会变小。他可能在我身边停下来，将1生丁、5生丁、10生丁、20生丁或1法郎放到地上。但我不喜欢停顿的感觉，哪怕他是为了给我点钱，我也不喜欢，因为这会妨碍我欣赏他的脚步声。

我在巴黎的街巷里走来走去，在巴黎的白天与黑夜里走来走去，然后发现了一个道理，而且对这个道理深信不疑：没有人在意我是法国人，没有人在意我的父亲是法国人，没有人在意我是在阿尔及尔长大的法国人，没有人在意我是被战争遗弃的法国人，也没有人在意我是被殖民主义遗弃的法国人。

在阿尔及尔的时候，所有法国人，无论是富人区里的法国人，还是贫民区里的法国人，他们都意识到殖民主义，而且刻意回避这个问题，减少不可预测的麻烦。而在巴黎，这里的人根本没有意识到这个问题，更不关心这个问题。他们觉得这个城市好像完全没有受到殖民主义的恩惠，即使法国没有实行殖民主义，街上的人也是那么多，远处的楼也是那么高，他们的家里也是那么温暖，酒杯里的葡萄酒也是那么醇厚。

我可能一星期没有睡了，或者说我的睡眠已经突破了界限，与清醒融为一体。我清醒的时候就是在睡，我睡的时候也是清醒的。我疲惫地坐在街角，偶尔闭上眼睛，就能睡一小会儿。我闭上眼睛的时候，一个虚幻的巴黎会出现，无数的脚步声是虚幻巴黎的节奏。

这种感觉也不错。我想象着自己从远处走来，走到这里，像一个游荡的灵魂，看到了街角的这个人。他坐在这里，闭着眼睛，正在想象着这个游荡的灵魂，想象着这个灵魂站在自己面前，看着这个自己，将这个自己看作一个无与伦比的艺术品，一个隐藏着法国历史的艺术品，一个隐藏着法国未来的艺术品。

我睁开眼睛的时候，已经是傍晚。这个游荡的灵魂消失了，我看见一个卖面包的人，推着车子，向这边走来。我之所以注意这个人，是因为他的面包屋有一个吸引人的名字，“巴黎之梦”。

这个名字让我惊奇，也让我失落。我为了这个梦而来，但我无法进入这个梦，也无法摸到这个梦。我在巴黎的街上睡了无数个夜晚，这个梦始终没有出现。但我疲惫地坐在这里的时候，我看到了它。

那个人推着车子一步步走来。等到走近，我看清了他，柏拉图先生。我确定他是柏拉图先生，因为我与他对视过，我与他开启了一场精神战争，而且我在这场战争里胜利了。他失败了，换下豪华的衣服，穿起白色褂子，戴上白色的厨师帽，看起来干净、整洁。他还留起了小胡子，有点滑稽，但足够真诚。

我盯着他看。这个动作有悖于流浪汉的身份，因为流浪汉从来不会盯着一个人看，流浪汉每时每刻看的是整个世界，而不是具体的东西。

柏拉图先生一定知道流浪汉的特点，所以我盯着他看的时候，他也在看我，而且一定在怀疑我是不是流浪汉，或者怀疑这个流浪汉为什么有些不同。最终，他没有发现我的不同，也没有认出我。因为我瘦了，我的脸瘪了，我的眼睛塌陷了，我的头发变长了，遮住了脸，全身上下被一层尘土覆盖着。

柏拉图先生推着车子向前走，在一个十字路口的角落停下来，将“巴黎之梦”后面的蜡烛点燃，这些字母瞬间闪耀着光芒。他整理了衣服，清理了嗓子，就像以前在孤儿院一样，对着来来往往的人说话，用曾经在慈善代表团面前演讲时的语调，深沉、温暖：“巴黎之梦面包，吃一口就能进入巴黎的梦。”

一个妈妈领着一个七八岁的小女孩经过，小女孩被他的话逗乐了，哈哈笑。

柏拉图先生看着这个小女孩，语调更加深沉：“巴黎之梦面包，吃一口就能进入童年的梦。”

小女孩再次被逗乐，她的妈妈也是。她们停下来，买了两个长棍面包。柏拉图先生将面包装在长条形的纸包里，温暖地看着她们离去。

我一直看着柏拉图先生，看着他忙来忙去，不是为了复仇，不是为了取笑，更不是为了乞求一点面包。我看着他，是因为我喜欢他的温暖与真诚。我承认他的声音的确吸引人，就像低沉的音乐，在行人的脚步声里，在雪铁龙汽车的轰鸣声里，不停地释放着温暖与真诚。

“巴黎之梦”后面的蜡烛已经烧尽，柏拉图先生点了一根新的，踮起脚放在里面。等到他重新卖面包的时候，我站在了他面前。

他好像认出了我，因为我已经将脏乱的长发理到了耳朵后面。刚要说出的话停在嗓子里，刚要放下的手静止不动，他的眼睛里瞬间出现了很多东西，好像有愤怒、温暖、冷漠、高傲、羞愧……

我向他问好，很正式、很认真地问好。我说您好，柏拉图先生。

他说很高兴在这里见到我。

我说我也是，没想到我们会在这里相遇。

他问我为什么离开孤儿院。

我说孩子们已经长大了，我也要去寻找我父亲的墓，无论如何我要和他见一面。

他说他改行了，做面包。

我说我以前也做过面包，在阿尔及尔的时候。

这时候，一个老年人停下来，买了一个长棍面包。柏拉图先生为他包好面包，收好钱。

他说他想送给我一个长棍面包，两个也行。

我说我不需要，我在巴黎流浪，不是因为缺少面包。

他说他知道，流浪在巴黎从来都是伟大的事业，他也想有一天去流浪，但因为家里有孩子要养，所以即使流浪，也要等到孩子长大一点。

听到这句话，我似乎理解了他。如果他坚持认为自己是法国人，那么我是否可以说我理解了法国？对于这个判断，我有些疑惑，因为我认识的法国人不多，熟悉的法国人更少，但他的确是法国人，至少是一种类型的法国人。

之后，柏拉图先生没话了，只能默默地看着我。实际上，我有很多话要跟他说，尤其是看到他穿着厨师衣服，对着一个又一个陌生人说话，听起来那么温暖，那么真诚，而且根据我的经验，他的面包烤得很好，用的面也很好，所以吃起来一定不错。

在这个时刻，我想问他一个问题。这个问题经常出现，与他的两个同伙带领孩子野游时出现过，与他的两个同伙搬钢琴时出现过。柏拉图先生离开孤儿院后，他的两个同伙变化太大了，不再高傲，不再冷漠，也不再用温暖伪装高傲和冷漠。他们看起来那么真诚，眼睛里有无限的温暖，声音里也有无限的温暖。路易曾经说不要被表象迷惑，法国人从来都是这样的。但我不认同路易的判断，哪怕这是表象，我也宁愿相信是真的。

最终，我没有提出这个问题。我不想延续我与他之间的精神战争，并不是因为我怕他难堪，而是我觉得他回答不了。他能赚钱养家，但没有能力回答这个问题。

与他分别后，这个问题又在我面前转来转去：这些穷苦出身的人，在一个时刻得势了，变得骄纵异常，他会欺压身边的人，用直接的方式，或隐秘的方式，既会欺压默默无闻的好人，也会欺压天真无助、渴望温暖的孩子，这是为什么？

我向前走，在柏拉图先生的注视中向前走。路边停着一辆雪铁龙汽车，开车的人下车了，去路边的酒摊上买酒，发动机嗡嗡地响，我又闻到了尾气。尽管不是柏拉图先生的汽车，但我对这种汽车有了阴影，于是赶紧向右拐，拐进一个小巷子，一直向前走。

我不知道到了哪里，但我走累了，就在一个避风的墙角坐下。背包里有两条毯子，一条铺着，一条盖着，我要在这里过夜。我几乎每天都会换地方过夜，一般不在同一个地方睡两次。但我还是睡不着，在迷迷糊糊中被一群喝醉酒的人吵醒了。我不想起来，哪怕死神来拽我，我也不起来。我好像睡了一会儿，又被一个精神不正常的人吵醒了。我一般不说他们精神不正常，我觉得他们是生错了时代，生错了地方，或遇到了不该遇到的人。

第二天黎明时分，我还想躺在那里，结果被一辆马车吵醒了。那辆马车很奇怪，后面全封起来，只留下一个圆面包大小的通气口，两只手从通气口里伸出来，舞动着，好像在求救。里面传出一个女人的呼喊："你们不能囚禁圣母，我就是你们的圣母，我会走进你们的梦里，轻声地告诉你们，温暖一点吧，我的孩子，真诚一点吧，我的孩子。"

一个人在前面拉着马，对这个女人的呼喊无动于衷。有人与这辆马车迎面而过，对这个女人的呼喊同样无动于衷。

路上的行人渐渐多了，但我仍旧躺在那里，听着缓慢的脚步声、急促的脚步声。有的脚步声匀称，有的脚步声不匀称，像少了一条腿。在这个时代，少一条腿的人很多，没有人好奇，也没有人在意。

我将毯子收起来的时候，一辆雪铁龙汽车从我面前经过，跑得很快。我看到后车厢里有个人，因为是短发，所以分不清男女。我只看到他的手贴在玻璃上，脸贴在玻璃上，舌头也贴在玻璃上。

我在巴黎游荡了很久，但这里好像是第一次来。这里是收容所大街，也可以理解成医院大街，因为这个时代的医院就是以前的收容所。我沿着这条街往前走，在一个岔路口，看到一个神秘的穹顶建筑，样子过于普通，但看起来很坚固，像监狱。根据穹顶的样子，这个建筑应该建得很高，实际上只有三层，加上阁楼四层。

我走到门前，抬起头看了看，迎面吹起一阵风，将我的头发吹乱。一个人匆匆忙忙经过，与我迎面而过的那一刻，他说欢迎我来这里。

我从没有见过这个人，所以不知道他为什么欢迎我来这里。但看门人很热情，我在巴黎几乎没有遇到这种热情。他也说欢迎我来这里，这里是萨尔佩特里医院。

在巴黎流浪时，那个深夜里给我苦艾酒喝的人提到过这里。在孤儿院时，路易也提到过这里。一个女人的丈夫在战场上死去了，遗体被炸得七零八落，或者连遗体都没有找到。如果这个女人是铁石心肠，她会从此开始新的生活。如果这个女人对于丈夫念念不忘，她要背着一个难言的重担，然后会失去睡眠，甚至疯掉，最后会被送到这里。这里有一种闻名于世的治疗方法，用催眠术打开人的潜意识世界，将错乱的东西挖出来。那个时候，我没听懂路易的话，不知道什么是催眠术。

看门人领我走进这个奇异建筑的第一层，那是一个长长的走廊。我走进一个房间，第八个或第十个房间。我有些晕头转向，只记得坐在一把木椅子上。这个椅子很结实，两侧有扶手。

医生问了我很多问题，例如我是谁，从哪里来，到哪里去，我从事什么职业，我的父母是谁，他们在哪里，他们从事什么职业，等等。我一一作答，像小学生回答老师的问题一样。

他又问我为什么来法国？

我说我想知道成为一个法国人是什么感觉，在阿尔及尔的时候，我迫切地想知道这种感觉，却始终得不到。

他问我为什么去孤儿院工作。

我说我看到了招募启事，我觉得那是对我的召唤。

他说那是一份压力很大的工作。

我说我不觉得，与那群孩子一起生活，像一种释放，释放我的温暖，释放我的热情，释放我的正义。我本来以为我要死了，但那群孩子救了我。现在，我离开了孤儿院，我的生命好像又要停滞了。

他说试一试催眠术吧，看一看我到底在想什么。

之后，他让我集中注意力，什么也别想。

这个时刻，我什么都不在乎，也不关心什么是催眠术，更不关心他是怎么催眠的。我觉得这个椅子很舒服，我想坐在这里睡一会儿。

迷迷蒙蒙中，我做了两个梦。在阿尔及尔的时候，我曾经做过这两个梦，在孤儿院的时候，我也做过这两个梦。有时候，第一个梦先出现，有时候，第二个梦先出现。我不知道两个梦为什么总是缠着我。

我又一次站在那个不知道是哪里的地方，不知道是天上，还是地上。我像以前一样，安安静静地站在那里，四周白茫茫一片。我仿佛看得很远，但什么也看不清。突然，一个粗壮的物体在我面前出现。我紧紧地抱着它，越来越觉得吃力，因为它在晃动，而且晃动得越来越快。我并不在意是否会掉下去，我只是喜欢拥抱的感觉，一种无法把握又无法拒绝的感觉。这个物体开始变化，有时候变成圆柱体，有时候变成正方体，有时候又变成三棱锥。最后，这个物体消失了，我只能抱着这种感觉，粗壮、模糊，我觉得再也无法把握。

这时候，第二个梦来了，手里握着一个棍子，将第一个梦赶走，然后像无所不能的魔法师一样，控制了我的梦里的一切。

我在一个狭小的房间里，这个房间不再是我在阿尔及尔的家，而是孤儿院的一个房子，因为透过窗户，我看到了柏拉图的雕像。

最初，房子的地板上什么也没有。但在我转身的瞬间，一个轮子出现了，飞快地转动。最初，轮子边缘什么也没有，突然间出现了锋利的牙，闪着光芒，碰到的所有东西都被它粉碎。

像之前一样，我有一种失控的感觉，并因为这种感觉而害怕，越来越害怕。这个轮子不断加速，而且越来越有力量，既能吸引一切，也能粉碎一切。最初，周围的小东西被吸过去，变成了碎片，例如地上的粉笔、书架上的书。之后，大一些的东西又被吸过去，同样变成了碎片，例如附近的凳子、桌子。

这个轮子还在加速，声音越来越大，像尖锐的呼啸声，不但吸引具体的东西，也能吸引抽象的东西，例如拿破仑在地上画的画。拿破仑的技巧越来越好，画什么像什么。这一次，他画了一个抱鲜花的女人，那一定是他的妈妈。但这幅画被轮子吸过去，所有线条离开地面，在空中飘着，他的妈妈好像活了，向着他走去，伸开双手要拥抱他。他也想拥抱他的妈妈，但已经来不及，轮子将所有的线条粉碎了。

我看到拿破仑在哭，放声大哭。这是他第一次看到自己的妈妈，却没有得到温暖的拥抱。他的眼泪被轮子吸过去，他的声音也被轮子吸过去。我赶紧抱起他，飞快地往院子里跑。

那个轮子没有待在房子里，它还在变大，搅起了一个扭动的漩涡。所有抚育员和孩子冲出院子，沿着向南的那条路狂奔。但呼啸的声音越来越大，越来越近，我们已经无路可去，于是惊恐地转过身，看着这个扭动的漩涡，等待着最后的命运。

这时候，我醒了。

医生说我在梦里不停地挣扎，还高声喊叫。

我问他，我喊了什么？

他说："快跑，快跑，拿破仑！"

他问，拿破仑是谁？是不是那个让我们感到自豪的法国精神象征？

我说不是，他是孤儿院里的一个孩子，一个喜欢画画的孩子，没完没了地画，不知疲倦地画，因为他觉得有一天会在画里看到自己的妈妈。

之后，医生坐在我面前，手里拿着笔，桌子上有个本子。

他问我，到底做了什么梦？

我讲述了两个梦，还告诉他这两个梦经常出现，我无法拒绝，又不知道什么意思。

他说我们无法掌控梦的世界，因为那是潜意识的世界。

我问他，什么是潜意识？

他说就是无法表达的意识，被埋藏起来的意识。我们经历了很多事，遇到了很多困难，这些困难会在我们的意识中沉积，然后以抽象的样子在梦里出现，而且只会在梦里出现。每个人都有潜意识，有些人被潜意识诱惑，有些人被潜意识压垮。如果意识到这个问题，我们会提前干预，减少潜意识的伤害。

我问他，什么样的人会被潜意识压垮？

他说那些缺少自我认同的人。他们之所以缺少自我认同，是因为在幼年时代没有得到足够的回应，既包括声音回应，例如他们说的话没有人回应，也包括情感回应，例如他们从小没有得到身体的抚摸，更没有得到情感关怀，从来没有人问他们需要什么，从来没有人问他们厌恶什么。总之，他们是在没有回应的世界里长大的，也就不知道自己是谁。

我问他，有什么好办法？

他说相信自己，无论自己是对的还是错的，都要相信自己。

我问他，一个人如果没有自己，又该怎么办？

他说这是一个难题，我们不能强迫一个人找到自己，因为用强迫方式找到的自己不是自己。我们告诉那些没有自己的人要找到自己，但有些人还是找不到。

我问他，应该怎么办？

他说我们希望有办法，却没有办法。从19世纪开始，自杀的人越来越多。上帝还在的时候，上帝是人的身体的所有者，所以几乎没有人敢动上帝的东西。但上帝不在了，身体就是每个人的，他们可以随意处置。但自杀的人到底有没有自己，这也是一个问题。有人说自杀的人有一个专横的自己，有人说自杀的人有一个脆弱的自己，有人说自杀的人有好多个自己，这些自己陷入了对抗，结果毁灭的是身体。

我问他，自杀的后果是不是应该由自杀的人负责？

他说不是，而且不应该，因为每个人的出生是被动的，幼年时代也是被动的，没有任何选择，只能接受，所以他无法决定长大后是否有自己，或者有什么样的自己。如果要寻找责任方，一个人的时代是最重要的。最近一百多年，几乎每代人都生活在战争里，或革命里。无论战争还是革命，都意味着动荡不安，所以法国精神里有一种动荡综合症。很多人患了动荡综合症，忍受着无法言说的痛苦，却不知道根源在哪里。

我问他，这个时代的人都这样活着吗?

他说不是，一些人离这个根源更近一些，或者说他们就是根源，因为他们喜欢冒险，喜欢破坏，也就喜欢动乱，而且喜欢动乱里的一切，包括吞噬人的死亡。他们一定不喜欢死亡，但死亡到来前，他们总以为能躲避死亡，而且躲避死亡是一种极致的冒险，所以他们像喜欢冒险一样喜欢死亡。

我问他，远离动荡的人还会患动荡综合症吗?

他说不一定，因为动荡综合症有传染性。有些人就是被传染的，有时候是直接传染，有时候是间接传染。直接传染是指父亲喜欢战争，孩子也喜欢战争。间接传染是指无论父亲喜欢战争，还是不喜欢战争，都被卷入战争，但在孩子还小的时候，或没有出生的时候，就死了，留下一个永远见不到父亲甚至也见不到母亲的孩子。在他成年后，动荡综合症会在某个时刻发作，他失去了爱的能力，或者以为对抗就是一切。他的心里不是没有爱，而是他不知道如何表达自己的爱，也不知道如何接受爱。有时候，他将爱看作一时的冲动，即使生下几个孩子，也没有力量爱他的孩子。

我问他，这些孩子会有什么样的命运?

他说最终都是悲剧的，因为这些孩子才是动荡综合症的最大受害者。他们很小就被父亲抛弃，但他们没有要求来这个世界，但他们来了，不得不承受父辈埋下的祸患。于是，孤儿院出现了，作为动荡综合症的治疗机构。但这是政治家的说法，在我们医生看来，孤儿院无法根治动荡综合症，甚至不能缓解。

我告诉他我可能患了动荡综合症，而且失去了自己。我想找到自己，与我的自己对话，但我找不到。

他说意识到问题是解决问题的第一步，但无论如何，都不能强迫一个人找到自己。

我问他，我要怎么办？

他说这是这个时代的病，这又是一个漫长的时代，患动荡综合症的人太多了，但他们无论做什么，都不是他们的错。

我问他，是不是所有受到动荡综合症困扰的人都会慢慢萎缩？

他说不是这样的。他研究过这个问题，发现了患有动荡综合症的第一个现代人，萨德侯爵。萨德总觉得自己被遗弃了，最初被母亲遗弃，因为母亲从小就不管他，奶妈喂奶，仆人照顾。之后，萨德觉得被父亲遗弃，因为父亲是旧法国的高官，一年到头不回家，他跟随自己的叔叔长大。在个体情感成长的意义上，叔叔不是完美的角色，所以萨德学会了很多坏毛病。长大后，萨德觉得又被贵族制度遗弃，他是贵族，却因为这个身份而受到嘲讽、监视，所以他要反抗。他反抗不了庞大的制度，于是去伤害无辜的人。萨德的心里隐藏了对于女性的愤怒，或埋怨，尤其是他的母亲，于是去伤害女性。萨德还没有充分地实践这个计划，就被逮捕了，然后被长时间关在监狱里。萨德的妻子和孩子救了他，他的妻子禀性安静、温暖，愿意容忍一切，又没有失去希望。

他站起来，从旁边的柜子里取出一个文件夹。他说他有萨德和他的妻子、孩子的通信。那时候，萨德还在监狱里，他的妻子和孩子不断给他写信，让他感到温暖，让他找到自己，一个不会被动荡扰乱的自己。

之后，他坐下来，将四封信的抄本放在我的面前。

他说这是萨德妻子写的第一封信，感谢萨德在狱中翻译的诗歌，并答应帮他整理狱中手稿，还私下托关系改善他的生活，从“狗窝”转到了大屋：

> 亲爱的朋友，告诉我你的健康状况……你要保重，我一直这样要求你，因为你的生命比我的生命还珍贵。尽力消解你的悲伤情绪，我才能看到你健康地走出监狱。

他说这是萨德妻子写的第二封信，时间为1779年7月：

> 你的孩子很好，他们努力弥补失去的时间，要为你的幸福做有用的事。
>
> 亲爱的朋友，我拥抱你，轻轻地。这一次我给你寄来六卷《希腊罗马名人传》、一根香肠、一块药膏、一瓶糖浸橘子、六块硬饼干、六块糖面饼干。

他说这是萨德妻子写的第三封信，告诉他关于女儿的情况，时间为1782年1月：

> 这是你女儿的画像……她还不会写字，所以我没有让她给你写信。她在学习，内心坚强，很快就记住一些词。

他说这是萨德小儿子路易写的信，时间为1781年12月：

> 亲爱的爸爸，新年在我的心里激起最温和、最崇敬的情感，希望您收下来自这个心灵的祝福。这个心灵不渴望别的，只求配得上父亲的温情。作为您的儿子，我是幸福的。我何时能见到您，亲爱的爸爸？这一刻我等得不耐烦了！我何时能怀着崇敬之情拥抱您的双膝？

他说萨德最终找到了自己，不是用强迫的方式，而是用温暖的方式。这是一个人的重生，从被遗弃的命运变成由自己主导的命运。但这是特例，不是每个人都这样幸运。

我告诉他我觉得我不会这样幸运。

他说这个时代最不缺的是冷漠，到处是冷漠，仿佛一切确定的都被战争打碎了。所以，这是一个破裂的世界，而破裂最容易滋生冷漠。能够对抗冷漠的只有温暖，但这个时代最缺少的恰恰是温暖。

我问他，如何寻找温暖？

他说首先从家庭里寻找，从自己的父母和兄弟姐妹那里寻找温暖，如果找不到，就要在这个世界上寻找。可是这个世界刚刚从混乱中解脱，又要进入新的混乱。他让我原谅他这么悲观。但根据他的观察，英国政治家、德国政治家，还有法国政治家，他们又在跃跃欲试，重新将这个世界带入混乱。

我告诉他我的父亲已经在战争里死去，我的妈妈被生活的重担压着，几乎难以喘息，我也没有兄弟姐妹，我该怎么办？

听到这里，他站起来，看看窗外，又转过身看着我。

他说在这个时代，不是我一个人有这样的困惑，很多人都有，他也有。他的父亲也在战争里死了，他的母亲养育了三个孩子。他们小时候很亲近，但长大后各奔东西，好多年都不见了。

他说旧法国不重视孩子的愿望，不是不重视，而是没有能力重视。一个家庭如果有一个孩子或两个孩子，这些孩子是家庭的希望；一个家庭如果有十个孩子，甚至二十个孩子，他们会成为家庭的重担。这样的家庭不再有温暖的爱，而是残酷的生存竞争。父母也会卷入这种竞争，所以他们对孩子不再有温暖的爱。这是以前的情况，现在不同了，法国人爱他们的孩子。但世界战争的时代开始了，很多家庭破碎，很多孩子失去了父亲，失去了母亲，变成无依无靠的孤儿。他们在冰冷中长大，也就学会了冰冷。成年人并不在意孩子想什么，或需要什么。即使他们知道自己的孩子想什么，或需要什么，但几乎不考虑其他的孩子想什么，或需要什么。他们的心里有深沉，有勇敢，也有残酷，不顾一切，无所畏惧，既不会因为做过的好事而自豪，也不会因为做过的坏事而自卑。于是，他们搅乱了一切，结果自己的孩子也要承受其他孩子所要承受的灾难。

他说这是动荡综合症一次次复发的原因。有些人被动荡带入了困境，但有些人在动荡中看到了希望，所以他们会持续地制造动荡，从动荡中获得安宁，或用动荡抚慰落寞的心灵。

他说在我们的历史上，最不缺的就是动荡，一代又一代的人生活在动荡里。动荡好像让我们忘记了一切，不想回顾过去，不想展望未来，也不想凝视当下，因为无论什么时代几乎都一样。一个人可以改变自己的命运，但无法改变时代的命运，也无法阻止这种命运落到自己身上。除了承受之外，他还能怎么办？

我从萨尔佩特里医院走出来，站在收容所大街上。一辆汽车进入医院，带着迷惑与希望，另一辆汽车驶出医院，带着希望与迷惑。我看到那些坐在后座的人，他们安静地坐着，或被捆着。他们与我一样，都是被这个时代压垮的人。他们无力反抗，只能接受。但他们接受的能力是有限的，所以有人说他们疯了。

无论如何，我决定去寻找我的父亲，确切地说，是去寻找他的墓，他在马恩河战役的集体墓地里。我从背包里找到了路易画的图，上面有大体的路线。

我首先去兰斯，那是马恩河战役的主战场。路易说兰斯大概有五片墓地，安置的都是死去的士兵；如果那里没有，就去兰斯东南的香槟—沙隆，那里还有好几片墓地，去了之后打听一下就可以，几乎每个人都知道，小孩子也知道，因为他们的父亲可能就埋在那里；如果两个地方都没有，不要离开，兰斯附近大概有二十几片墓地，一片一片地寻找，最后一定能找到。

从巴黎到兰斯，我走了差不多十天。这段距离并不长，对于我却很长。每天，我走得急匆匆，却没走多少路。我觉得父亲在那里等我，所以我急匆匆地想见到他。可是，我知道他是在坟墓里等我，我不知道如何与他见面，他是高兴还是不高兴，所以我被一种下沉的力量压着，脚步很沉重。

到达兰斯后，我每到一片墓地，就去找守墓人。他们几乎一样的年龄，一样的眼神，一样的表情，出乎意料也平静、淡然。

对他们来说，这个世界上仿佛不再有什么能让他们吃惊、诧异或悲伤。他们已经很老了，七十岁或八十岁，一个人活到这个岁数，年龄多几年或少几年都无所谓。

他们平静地看着我，平静地听着我的愿望，平静地拿出姓名册，平静地为我翻找。我的目的只有一个——找到雅克·默尔索，在世时间1890—1914年。

兰斯没有我父亲的墓，于是我去了香槟—沙隆，那里有一片非常大的墓地。守墓人为我翻开姓名册，很快找到了一个名字，雅克·默尔索，名字不清晰，但时间很清晰，1890—1914。他说带我去看看。我跟在他的后面，在墓地里走着，每座墓前都有十字架，十字架上有牌子，牌子上有姓名，有生卒年月。

我问他，为什么每座墓都那么小？

他说这只是一种记忆，我们以为他们在这里，实际上他们不在这里，他们在天国。

我问，天国在哪里？

他说谁去谁知道，但去了就回不来了。

突然间，我看到了雅克·默尔索，隔着一片十字架，他的名字对着我闪闪发光。

看墓人说自己去看看吧，然后就离开了。

我站在父亲的墓前。我是他的儿子，这是千真万确的事实，但他的生命在二十四岁就停止了。这个时刻，我已经二十四岁，但我感觉我比他要成熟。有时候，我觉得我已经五十岁，甚至八十岁。这个时代让我提早衰老，提早地看到一切，提早地经历一切。所以，我看着我的父亲，就像看着一个孩子。

我闭上眼睛，看着他从墓地走出来，来到我身边。我想要照顾他，像照顾一个孩子一样照顾他。

我在墓地旁边的草地上躺下。我听到了我的心跳，但我觉得那是他的心跳。他的心好像一直在跳，等着我的到来。

他想看到一个什么样的孩子？我是知道的，但我做不到。我背着一个时代，只有卸下这个时代，我才能找到自己，才能活成他希望看到的样子，但我卸不下这个时代。它已经长在了我的身上，从我出生的时候就长在了我的身上，或者说从我父亲离开我，奔赴战场的时候，就长在了我的身上，然后一直压着我。

这不是我的错，也不是我父亲的错，因为他像我一样，背负着这个时代。在一瞬间，他被这个时代压倒了。现在，这个时代又要压倒我。我不能逃跑，只能忍受着，就像这个时代的很多人一样忍受着，白天忍受着，晚上忍受着，清醒的时候忍受着，做梦的时候忍受着。

我不想将我的一切告诉我的父亲，因为他一定不想听，所以我一直看着他。

夜色将至，我将背包放下，准备在这里过夜，在父亲的身边，虽然有些拥挤，但我觉得安宁。在这里安眠的人与我父亲一样，都被这个时代压倒了，所以我觉得他们与我也一定很亲近。

我睡得很好，一个梦也没做。醒来的时候，我感到浑身轻松。这时候，我觉得我应该回到阿尔及尔。妈妈一定在等我，她一定给我写了很多信，至少是一封，但我到处游荡，所以一封也没收到。

在清晨的阳光中，我与父亲告别。他将永远在法国，而我可能不会再来法国。

八

两个法国

离开墓地后，我一路向南，希望在新年之前，回到阿尔及尔，见到我的妈妈，我知道我是她在这个世界上唯一的牵挂。

我在一条林荫路上走着、听着、看着，经过一片又一片墓地，我仍然觉得我是被遗弃的人，但我应该为妈妈考虑。如果我坚信我是被遗弃的人，那么她应该是被多次遗弃的人，被法国遗弃，被殖民主义遗弃，被阿尔及尔的法国人遗弃，在最好的年龄被自己的丈夫遗弃，她还能承受被自己的孩子遗弃吗？

正是丰收季节，我经过一片农田。一个赶着马车的农夫停下来，等着我走近，从车上拿了些玉米，送给我。一个父亲领着孩子与我迎面而过，他的孩子很小，提着一篮子苹果，卖力地跟在后面。迎面而过的那一刻，他喊住我，让孩子将苹果送给我。那个孩子将篮子放在我的脚下，然后抬起头看着我。

我永远不会忘记那个孩子的眼睛，清纯、质朴，闪烁着光芒。我不知道他长大后会变成什么样子，会不会像我一样背负着这个沉重的时代，用尽了所有力气，最终却被这个时代压倒，缓慢地压倒，或一瞬间压倒？

我回到阿尔及尔的时候，离新年还有十几天。我看到了妈妈，她依旧在忙碌，但老了不少。就像这个时代的普通人一样，时间拖着他们走得飞快，所以看起来要比实际年龄老十几岁。我也被时间拖着走，所以从身体状态来看，我和她仍旧是恰当的母子关系。像之前一样，我们很少说话，而且说得越来越少。

我在家里躺到了新年。我不喜欢这个样子，却无法赶走这个样子，因为我就想躺着。尽管如此，我有了动起来的愿望，以前我连这种愿望都没有，所以我应该感谢法国之行。但我是否看到了一个真实的法国，对此我不确定，因为我摸不到法国。

我摸不到法国，不是因为我没有摸，而是因为有人挡着我，迷惑我，让我摸到了虚假的法国。这个虚假的法国像一个烧红的铁炉，我的手碰到的那一刻，就疼得跳起来，从此不敢再摸。但我又觉得法国不是这样的。法国应该很伟大，不然怎么能从远古走来，经历了那么多磨难，还生机勃勃地存在着？

新年之后不久，妈妈又出去工作了。她看起来越来越累，挣得却越来越少。我们的确是被法国遗弃的人，但没有一个人觉得我们被法国遗弃了。我决定不再想这么多，因为想什么都没用。

我要离开妈妈，出去工作，独立生活。临近中午，我收拾好衣物，包括所有的衣物，然后走出家门，走在我熟悉的那条小路上，走过我修理过的那条大街，来到了法国人区。

在法国人区，我推开一个对法商务公司的门，希望在这里找到工作。让我出乎意料的是，老板听到我的法国经历后，当即决定录用我。

他说他佩服一个独自去法国旅行的人，而且是徒步旅行。他以前也这么想过，但从来没这么做。

他说他更佩服一个在孤儿院里工作、不计回报的人，因为这样的人有普世之爱，而法国是有普世之爱的国家。

单凭这两点，老板让我放下行李，立刻开始工作。我还没反应过来，就被领到一个工作室，里面有三个人，四张桌子。他向这些人介绍了我的经历。之后，我走到一张空桌子前，没有注意这些人的样子。

我的工作是填写表格，核对表格，找老板签字，确定表格得到有效执行，最后向老板汇报。除了向老板汇报之外，我喜欢这个工作的所有流程，因为我不想说话，什么也不想说。我不知道说什么，也不知道我的话有什么结果，尽管我不在乎结果。

但这个工作我做得很好，从没有出过错。我清晰地记录阿尔及尔人需要的商品，清晰地记录从法国运来的商品，这些商品到达后，我与计划表核对，丝毫不差。

老板对我的工作也很满意，要派我去巴黎。对此，我没说什么。过了一段时间，老板又提到这个问题。于是，我对老板说："有时候，我想改变我的生活，却找不到理由。所以，我从来不改变我的生活，无论是哪里的生活，对我都一样。阿尔及尔不会让我高兴，也不会让我难过，巴黎同样如此。"

这句话不是我凭空想出来的。工作期间，每当空闲的时候，我会想一想我的法国之行，想一想我看到的法国，一个虚假的法国。这个虚假的法国背后应该有一个真实的法国，一个在巴黎无法发现的法国，一个在孤儿院里无法发现的法国。但我在游荡的路上发现了，在葡萄园里那些默默工作的人身上，在回阿尔及尔的路上给我玉米的农夫身上，在给我苹果的小孩的眼睛里，我发现了一个真实的法国。

这个法国是沉默的，不会说话，像一个任劳任怨的善良人，默默地承受着，承受着应该承受的，也承受着不应该承受的。

一天傍晚，工作室的人已经离开，只有我坐在那里，在落日余晖中看着窗外的行人、马车，还有雪铁龙汽车。我又开始幻想，眼前出现了一个情景剧：这个沉默的法国的确变成了一个人，他任劳任怨，却被三个人推倒在泥水里，任意踩踏，就像柏拉图先生对待柏拉图的雕像一样。他浑身脏兮兮的，却没有说话，或者即使说了也没有人听，像我一样，所以不愿意说话。我觉得真实的法国也被遗弃了，被法国人遗弃了。

在这个时刻，我走进了情景剧中，急匆匆地走着，我要看一看是谁推倒了这个人。我走到那三个人面前，看清了领头的，好像是柏拉图先生。

我问他是不是柏拉图先生。

他说不是，我认错人了，长得一样的人很多，想得一样的人也很多。

我问他，为什么欺负一个任劳任怨的人？

他说只要不触犯法律，他想干什么就干什么，因为道德与法律无关。

我转过身，看了看那个被推倒的人，他坐在泥水里，浑身湿透了。让我震惊的是，他的眼神那么清澈，不仅仅是清澈，还有高贵。我从未在一个人的眼睛里看到这样的清澈与高贵，而我在他的眼睛里看到了。

让我不能接受的是，这种清澈与高贵被狡猾与猥琐注视、推倒、审判。但我只能接受，因为我想起了拿破仑的话，不是那个画画的孩子，而是法国精神的象征。在孤儿院时，我又读了拿破仑的《日记》，他说法国是一个有三百页法律的国家，却是一个没有法律的国家。这个长得像柏拉图先生的人说得没错，即使他触犯了法律，他也可以忽略法律，或者他还可以说这是一个道德问题。

我觉得我应该接受这个事实，因为这是拿破仑说的，而拿破仑是法国精神的象征。

在孤儿院的一天晚上，在我点燃第三根橡树枝子之后，我在《夏多布里昂文集》中看到了一句话：

> 每个人的身上都拖着一个世界，由他所见过的、爱过的一切所组成的世界，即便他看起来是在另外一个世界旅行，他仍然不停地回到他身上所拖着的那个世界。

这句话像一个沉闷的雷，我久久地坐在那里，一动不动，直到这根橡树枝子燃尽。萨尔佩特里医院的医生说萨德是被法国遗弃的人，我觉得夏多布里昂也是被法国遗弃的人。不止如此，卢梭、雨果、托克维尔、左拉都是被法国遗弃的人。他们想看到真实的法国、纯粹的法国，然后热爱这个法国，法国为什么遗弃这些真诚的人？

对于这个问题，我好像知道，又说不清。他们是法国人，但法国不属于他们，而是属于另一些人。这些人将法国推倒在泥水里，却说自己是高贵的法国人。为了证明自己是高贵的法国人，他们什么都要，该要的要，不该要的也要，权力、荣誉、财富，什么都要，好像缺了哪一个都不行。没有权力，就没有荣誉和财富；没有荣誉，就没有权力和财富；没有财富，就没有权力和荣誉。他们什么都得到了，但唯独缺少对于真实的、纯粹的法国的热爱。

他们一定不会承认这个事实，因为他们表演得很好，看起来无限热爱法国，就像柏拉图先生一样，将自己对于那些孩子的厌烦伪装成热爱，然后表演给慈善代表团看，宽容、慷慨、深沉、优雅。他们太喜欢这种表演了，沉浸在其中，将假的当成真的，假的也就成了真的，然后用爱的名义将真实的法国一次次推倒在泥水里。

想到这里，我接受了被遗弃的事实，因为这是无法改变的事实。那些真诚的人都会被法国遗弃，我为什么不会？

之前，我不接受这个事实，我要改变这个事实，所以到法国后，我就像进入一场战争，一场精神意义的战争，从外面根本看不出来。但在精神世界里，这场战争此起彼伏，没日没夜地展开，在我睡觉的时候展开，在我吃饭的时候展开，在我观看的时候展开，在我走路的时候展开。战争的碎片落在我的心里，越堆越高，有些碎片让我吃惊，有些碎片让我愤怒，有些碎片让我遗憾，有些碎片让我难过。

在这场战争的开始，我不知道我属于哪一方，有时候属于这一方，有时候属于那一方。但在这个时刻，在我坐在工作室里看着窗外的时刻，我觉得我不属于任何一方，我是一个多余的人。

我也终于知道真实的法国是什么样的，在真诚与虚假之间，在光荣与失落之间，在伟大与卑微之间，在正直与阴谋之间。

真诚、光荣、伟大、正直站在那里，像四个英俊的人，却被虚假、失落、卑微、阴谋推倒。他们默默地站起来，等待着，希望着。他们不想再次被推倒，却再次被推倒了。每次从泥水里站起来，真实的法国就会出现，即使这个样子不会持续太久。

真实的法国是我要寻找的。但我到法国的时候，四个英俊的人还坐在泥水里，没有站起来。

我从工作室出来的时候，天色已黑。我走在街上，在一棵椰枣树下，我看到了一个流浪的法国人。之前，我在阿尔及尔经常看到这些人，但从来不在意，甚至看不见他们。从法国回来后，我能看见他们，而且当他们出现的时候，我看见的只有他们，那些经过他们身边的行人、在路上驶过的雪铁龙汽车却消失了。

我走到这个流浪汉身边，蹲下来，看着他不慌不忙地撕掉一片报纸，从一个袋子里取出碎烟叶，用报纸卷起来，又用唾沫将报纸一角湿透，粘在一起，含在嘴里，用火柴点燃。烟雾从他的嘴里吐出来，在我和他之间蔓延。

他说他喜欢用报纸卷烟，因为到处都是报纸。

他说这张报纸是今天刚发行的，阿尔及尔的法国人看到后，很激动，他们说一个新时代开始了，他们说这次要痛扁德国佬，一点情面也不给他们留。

他说他不识字，这个世界在他眼里像一个谜，一个多层的谜，一个谜包着另一个谜，他不知道这个谜到底有多少层。他的悟性也不够，所以总是猜不对。

他说他愿意接受一切，无论是应该接受的，还是不应该接受的。这是他用一辈子学到的真理：一个人只有接受一切，才是自由的。

他说他以前不是这样的，他觉得自己是法国人。而法国人觉得每个人生来就是，而且始终是自由的、平等的，这是《人权宣言》里讲的，即使最卑微的人也有崇高的希望，包括不识字的人。但后来，他不再相信《人权宣言》，那是法国人自己糊弄自己的。他们经常这样糊弄自己，用幻想创造虚假的世界，然后将这个虚假的世界当作真实的世界。

他说他还是有希望的，每点燃一根烟，就能看到这个希望，只是这个希望持续得很短，烟灭了就会消失。所以，他将这个希望降到最低，然后为之付出，哪怕一无所得，也不会放弃，但他还是一无所得，于是将这个希望降得更低，最终还是一无所得。

他说他不得不放弃了部分希望，也就是放弃了对于结果的期待，但他对于过程还抱有希望。然而，当他发现过程也被神秘的力量捆住了手脚，他也就不再有任何希望。哪怕卷了一根长长的烟，这个希望也不会在他眼前出现。所以，他开始流浪。

他说在流浪中，他感受到了一种纯粹的孤独，无依无靠，无欲无求，无所畏惧。这种孤独才是真正的自由，也是最后的自由。

我拿起旁边的报纸，头版头条是德国入侵波兰的消息，法国政府要求德国在四十八小时之内无条件撤出，否则将全面开战。最后的时间已经过去，德国人没有撤出，法国政府觉得丧失了尊严，于是决定用一场伟大的战争夺回被践踏的尊严。

法国这艘船再次驶入了汹涌的海里，电闪雷鸣，远处传来了塞壬的歌声："我们的智慧如普天之下的日月，深知人间的战争与爱情。"

一场灾难即将开始。我不知道德国人有多大的力量，但我知道这个时代的法国人几乎没有夺回尊严的力量。尽管如此，谁又能阻止呢？

我希望在这场灾难中，真实的法国赶快从泥水里站起来，就像以前一样，拿破仑复活，带领法国人击溃那群肆无忌惮的野兽。但真实的法国一次次被虚假的法国打倒在地，坐在泥水里，一脸无辜，毫无办法。所以，我不知道真实的法国什么时候复活，也不知道它会不会复活。

我撕下了一片报纸，向流浪汉要了点碎烟叶，卷了一根长长的烟。每当我吐出一口烟，真实的法国就会出现，他还坐在泥水里。我想告诉他，赶快起来，德国人来了，开着坦克，拉着大炮，像一群凶猛的野兽。不等我说完这句话，烟雾就消散了。于是，我赶紧再抽一口，趁着没风的时候吐出来，接着跟他说。但他什么也不听，呆呆地坐在泥水里。

虚假的法国主导着一切，决定着真实的法国什么时候站起来，或者是否让他站起来。但虚假的法国就是一个耀武扬威的瘪犊子，除了能表演一场欺里欺外的戏剧之外，什么也干不了。如果没有改变，我觉得法国人将会被彻底击溃，尽管我不知道德国人的力量，但我有一种预感。

我收到拿破仑的信的时候，我觉得我的预感是对的。拿破仑，也就是孤儿院里那个爱画画的孩子，他给我写了这封信。他应该给我写了很多信，但我只收到一封。离开孤儿院前的几天，我告诉他我会回到阿尔及尔，回到阿尔及尔的贫民区。

在这封信里，他说他已经离开孤儿院，但他很感谢孤儿院。

他说我在孤儿院工作的那段时间，是最让他怀念的。

他说离开孤儿院后，他去了巴黎，在巴黎流浪，但不是无所事事地流浪，而是一边画画一边流浪，在街头画，在画廊里画，在咖啡馆里画，在埃菲尔铁塔下面画，看到什么就画什么。

他说他参观了毕加索的画展，又看到了那幅画，它的名字是《梦》。他觉得这个名字不好，他觉得妈妈这个名字更好。他在画廊里来来回回，看了一遍又一遍。他觉得毕加索开始的时候是局促的、悲观的、黯淡的，之后是开朗的、抽象的、离奇的，他看到的一切都变成了线条。

他说毕加索画的一定是法国，法国的男人、法国的女人、法国的动物，但不是我们看到的法国，而是一个神秘的法国，被一层光芒照耀着，看不清，也摸不着。毕加索看到了这个神秘的法国，也摸到了这个神秘的法国，而且画了出来。但他觉得好像什么也不是，因为毕加索展示的是线条的世界，这个世界里没有善，没有恶，没有崇高，没有阴暗，没有时间，没有空间。毕加索画了很多线条，好像一切都没表现出来，又好像表现了一切。

他说他有些困惑，却无法拒绝毕加索的魅力。如果让他说这是一种什么样的魅力，他又说不清，却无法视而不见。他说这可能就是艺术的力量，让人在迷惑中接受启示。

我觉得拿破仑说得有道理，但不完全对，因为毕加索没有被遗弃，妈妈没有遗弃他，爸爸没有遗弃他，西班牙没有遗弃他，法国也没有遗弃他。相反，他在法国得到了最温暖的情感、最新鲜的情感，换了一个又一个女人，每个女人都那么好看，那么温暖。不过，我承认毕加索是真诚的、纯粹的，虽然不属于真实的法国，但一定不属于虚假的法国。他在两个法国之间，像是受到了上帝的祝福。至少在我的生活中，我没有看到这样幸运的人。我看到的是一个又一个被法国遗弃的人、被这个时代压倒的人，或是打倒真实的法国的人。

在这封信的末尾，拿破仑告诉我，他已经报名参加反抗德国人的战争，第二天将奔赴马其诺防线。他们会在防线上等待，等待德国人的出现。

看到这里，我震惊了，一种无与伦比的震惊。他的父亲在上一场战争里死去了，而他又要上战场。作为被法国遗弃的人，死亡首先会去找他，将他踩在脚下，踱来踱去，一点存在的迹象都不留。

我觉得我的判断是对的。真实的法国还坐在泥水里发呆，虚假的法国在主导着一切，而它没有一点力量，只会一个又一个地遗弃法国人，尤其是那些正直的、诚实的、有信仰的、有追求的人。所以，无论是真实的法国，还是虚假的法国，都会被这场战争打碎。

最后，拿破仑说他还会给我写信，等到与德国人的第一次战役结束之后，就给我写信，无论是失败还是胜利，只要活着，都会给我写信。

在工作空隙，我赶紧给他回信，寄到了马其诺防线。我告诉他要为真实的法国战斗，不要被虚假的法国迷惑。我告诉他要躲避那些没有踪影的炮弹，因为这样的炮弹更危险。我告诉他活着比失败重要，活着比胜利重要，因为只有活着，才能看到失败，才能看到胜利。我告诉他，他的妈妈是在这个世界里等他，而不是在死后的世界里等他，所以他要活着，将他的妈妈画出来，让他的妈妈复活。

我不知道他是否收到了我的信，但我始终没有收到他的信。我走遍了阿尔及尔的很多邮局，没有一封他的来信。

在一个大雨滂沱的傍晚，我走出工作室，走在几乎没有人的路上。我没有带伞，浑身淋湿了。我仿佛意识到动荡综合症又在西方世界复发了，而且是一次前所未有的复发。几乎所有人都被卷入了复发的痉挛中，只有少数人能逃离。西方世界将会前所未有地肿胀、发炎、流脓，一个伤口刚刚愈合，就被揭开，再次肿胀、发炎、流脓。

我每天都会看报纸，关注着动荡综合症的发作情况：德国人占领了波兰……马其诺防线崩溃了……德国人占领了洛林和阿尔萨斯，在那里清除法语……德国人向巴黎进军，巴黎即将被德国人占领……法国人不知道去哪里了，德国人一路高歌猛进。

谁都不知道这是为什么，所以谁都没有办法。

我越来越迷惑，迷惑到了顶点，就不再迷惑，因为我知道这是为什么。如果真实的法国一直坐在泥水里，如果虚假的法国一直糊弄法国人，这一切就是不可避免的。

我已经不在乎了，什么也不在乎。只要没有人强迫我说话，只要没有人强迫我接受我没有能力接受的，我什么也不在乎。这是一种让人感到压抑的平静，但我能抵抗得了这种压抑，所以我喜欢这种平静。

一天早上，这种平静被打破了。我收到一封电报，我的妈妈去世了。知道这个消息后，我十分悲伤，那是一种无法言说的悲伤。一个善良的女人多次被遗弃，她每天忍受着，直到有一天无法再忍受，但她还在忍受着，一直忍受到死。

想到这里，我连哭都哭不出来，我能向谁哭呢?

我还是一如往常地走路、工作、睡觉，但我知道以前的我消失了，一个新的我出现了。在这个世界上，这个新的我不再有任何牵挂，也不再有任何留恋。他曾经一次次被遗弃，无论在哪里都是多余的人，但现在，他不再关心自己是不是多余的人。

这是一种孤独，这是一种解脱，这是一种自由。无论如何，从此之后，我觉得这个世界与我无关。我是多余的人，我是被遗弃的人，开始的时候被父亲遗弃，之后被阿尔及尔的法国人遗弃，最后又被我的妈妈遗弃。但我不会责怪任何一个人，因为他们也被遗弃了。他们背负着这个时代，却被这个时代遗弃。

在孤独、解脱与自由中，我参加了妈妈的葬礼。那些人说我麻木不仁，无动于衷，连动物都不如。他们错了，他们根本不了解我，甚至都没见过我，就要评判我，简直是无稽之谈。但我又能怎么办?我无法改变他们的看法，就像我无法改变我的身份，无法改变这个时代一样。

很快，老板发现了我的变化。他看到的只是变化，不知道变化的原因，所以觉得我是一个危机重重的谜。他不再正眼看我，甚至躲着我，生怕我会将他拉入这个谜里。

这一切对我都无所谓。我觉得周围的人与我无关，周围的事与我无关，周围的一切与我无关。即使天塌下来，还有地顶着，所以一切都与我无关。

这时候，一种新的感觉出现了——荒诞。

最初，我对一切产生了怀疑，包括我自己。我为什么活着？我为什么走路？我为什么在这个时刻出现在这个地方？等到了怀疑的顶点，我又开始怀疑这些怀疑。我为什么要这样怀疑，而不那样怀疑？我为什么要怀疑自己，为什么不能怀疑自己？等到这些怀疑被另一些怀疑击碎，我就放弃了所有的怀疑，无论什么都不怀疑，我甚至想忘掉怀疑这个词，什么也不想。

于是，荒诞出现了。这是一种无意义的感觉，做什么都没有意义，想什么都没有意义，看什么都没有意义。

在荒诞中，我的因果关系破碎了。

以前，我的脑袋里有很多原因，也有很多结果，我努力在原因与结果之间寻找准确的对应关系。如果找到了，我会很高兴；如果找不到，我会很难过。

以前，我去法国，是为了寻找一个因果关系，对我来说是最大的因果关系，也就是我为什么存在，但我没有找到，所以我不知道我为什么存在。这是我人生中一次最深刻的失落。

而现在，我的脑袋里还有很多原因、很多结果，但我不再为它们寻找对应的关系。有时候，我会想原因为什么不是结果，结果为什么不是原因；有时候，我也会想为什么要有原因，为什么要有结果。

最后，我放弃了这些问题，我要热爱荒诞。

正是在这个时刻，我遇到了我的爱情。这是我第一次经历爱情，也是最后一次。但在荒诞中，爱情等同于虚无。我摸着她的脸，抱着她的身体，却感觉不到一点温暖。她希望我给她承诺，但我拒绝承诺，也拒绝不承诺，因为我不知道要承诺什么。一切因果关系都解体了，我为什么要承诺？

她有些失望，但我丝毫不在乎，我也不想知道她为什么失望，难道失望的人就不能高兴吗？

她看着我的脸，眼睛里有火焰，一种燃烧着希望的火焰。而我看着她的脸，就像看着一块石头；我摸着她的手，也像摸着一块石头。我想人与石头总是有区别的，但我看不出有什么区别。

如果说还有什么让我感到自己的存在，应该是对于荒诞的热爱。

没有陷入荒诞的人永远不理解我为什么热爱荒诞。有人可能会责备我，既然不爱，为什么要去爱？这个问题是多么无聊，我都不想回答。为什么爱非要用爱的方式，不能用不爱的方式，例如冷漠、淡然、失望？

后来，我杀了一个人，然后被抓起来。有时候，我不知道我为什么向那个人开枪。我们都是苦命人，他的命甚至比我更苦，可是我向他开枪了，而且开了五枪。直到我坐在法庭里，接受审判的时候，我才知道我开了五枪。我如何握着枪，如何取出枪，如何对着他，如何扣动扳机，为什么开了一枪又一枪，之后我是怎么离开的，这一切我都不知道。或者说，在那个时刻我知道，但那个时刻之后，我什么都忘了。因为我厌恶因果关系，厌恶结果一刻不停地跟着原因，也厌恶原因一刻不停地产生着结果。每当想到这个世界被因果关系包围着，我就感到无聊。

但在这个世界上，法律还在盯着结果。一旦发现不良结果，法律会去找原因，像着了魔一样，织造一种诱人的因果关系。而我已经放弃了原因与结果，也放弃了原因与结果的任何联系。所以，我不觉得我有罪，既不需要为结果负责，也不需要为原因负责。

但他们认为我有罪，而且确定无疑。为了证明这个因果关系，他们找了很多理由，例如我是冷漠的，妈妈去世了我无动于衷，所以我有杀人的动机。他们说我开了五枪，所以我有杀人的强烈动机。

对于这些理由，我懒得反驳，判我有罪与判我无罪没有区别。他们可以说我杀人了，也可以说我没杀人，对我来说，生与死没有区别，无论是那个人的生与死，还是我的生与死。

关于活着的因果关系已经解体，关于死亡的因果关系也已经解体。我对于活着没有期待，没有恐惧，对于死亡也是如此，没有期待，也没有恐惧。我开始热爱荒诞的时候，就已经远离了所有的因果关系，甚至因果关系这个词，我都不愿意提起来。

之后，我被关进监狱，等待着死亡。但我不觉得我在等待死亡，不只是因为我不害怕死亡，而是因为我觉得死亡与活着没有区别。有时候，我会想，整天待在监狱里有什么意义？有时候，我又会想，既然我害怕活着，那么我应该热爱死亡。

每当想起这些问题，我会厌恶自己。我为什么要想这些问题，难道就不能什么都不想吗？

于是，我什么都不想，吃饭的时候什么都不想，躺着的时候什么都不想，走来走去的时候什么都不想。我觉得时间消失了，空间消失了，白天与黑夜没有区别，铁床与地面没有区别，监狱里与监狱外也没有区别。无论在哪里，我都是这个样子。

以前，我厌恶这个样子，而现在我不觉得这个样子不好，也不觉得这个样子很好。因为我就是这个样子，不要用原因来解释，也不要用结果去证明。我不再想我为什么被遗弃，也不再想我为什么是多余的人。我不再想我的父亲希望我变成什么样子，也不再想我的妈妈希望我变成什么样子。

我就是这个样子，没有原因，没有结果。我甚至不再想我有过去，或者说还有未来，我甚至放弃了当下的每个时刻。

我已经忘记了我，忘记了关于我的一切。

九

最后的书写

在我入狱之后，这个世界的动荡综合症越来越严重，不断向外蔓延，然后彻底失控。德国人二十七天征服了波兰，一天征服了丹麦，二十三天征服了挪威，五天征服了荷兰，十八天征服了比利时，三十九天征服了法国，之后又开辟了非洲战场。

法国人招募了很多人，但他们真不行，看起来像国王，像公爵，耀武扬威，但都是些酒囊饭袋，被德国人摁在地上羞辱。

我不知道是我入狱的第几天，太阳刚刚出来，监狱的门开了。两个警察进来，将我带出监狱。当天，我被送往战场，挖壕沟，没完没了地挖，不知疲倦地挖，没日没夜地挖。对于这些虚张声势的法国兵来说，壕沟越深，活的希望就越大。

不挖壕沟的时候，我会看着他们走过去，背着枪，脸上挂着勇敢、忧虑、高傲、紧张。他们的年龄与我父亲参战时差不多，所以有时候我会从他们中间寻找我的父亲，至少是寻找一个熟悉的影子。

我是重刑犯，不能接触任何武器，而且总有个法国兵在旁边握着枪，看着我。我在这里的唯一价值是不停地挖壕沟。我不问原因，也不想知道结果。另一个重刑犯在二十米远的地方挖，他也十分努力。但我们的努力不一样，他之所以努力，是因为他有因果关系，我之所以努力，是因为我没有因果关系。

一颗炮弹飞过来，呼啸着，落地之前，谁都不知道它会在哪里爆炸。我安静地站着，一动不动，看看它会落在哪里。一声呼啸之后，炮弹正好射到他的身上，然后是剧烈爆炸。他被炸碎了，血与肉四处飞溅，落在我的身上。在那个时刻，我失去了听觉，只觉得头嗡嗡响。但我还有感觉，我感觉到我的脸上流下了他的血与肉。

在这个时刻，我越过了荒诞。我还知道什么是荒诞，但我是清醒的。这种清醒与没有经过荒诞的清醒不一样。没有经过荒诞的清醒是虚假的清醒，随时会迷惑。而经过荒诞的清醒不会再迷惑，眼前的一切不再有任何装饰，例如语言装饰、表情装饰、颜色装饰、线条装饰，所以到处是真相。

之后，我的世界变得清晰，我的因果关系慢慢恢复。我想起了我的女朋友来监狱看我的情况，我还记得她的眼神，那是一种深刻的绝望，对我的绝望，对自己的绝望，还有对这个时代的绝望。

我想起了那个被我开枪打死的男人，他一定不到四十岁，应该有自己的家，他的妻子在等他回家，他的孩子也在等他回家，但他们等到了一张死亡证明。我十分厌恶我被遗弃，而他的孩子也被遗弃了，而且是我向着他们的爸爸开枪的时候被遗弃的。

我想起了拿破仑，那个在孤儿院里画画的孩子。我不知道他是否在自己的画里看到了他的妈妈，但我知道他可能已经在战场上死去。一个父亲在战场上死了，为了一个虚无的梦，他的孩子又在战场上死了，为了一个虚无的梦。这个时代为什么不怜爱那些在这个时代出生的苦命人?

我又想起了以前的那个我，那个没有经历过荒诞的我，成天躺在床上不想动，对一切麻木不仁。他的心里有温暖与热情，却被一种看不见的力量压倒了，所以他是冰冷的，冰冷地看，冰冷地听，冰冷地站着，冰冷地走着，冰冷地说话。

但在这个时刻，我进入了一个新世界。之前的一切在这个世界里汇集，突然变化，创造了一个新的我。

这是一个人的复活。

我还是多余的人，但我不再为此难过。我接受了我的命运，但不是屈从。我的一生即将结束，我想写下来。这不是一部赎罪书，而是作为我存在的迹象。在这个世界上，我存在过。

在这个时刻，我听到了唱片机的声音，正在播放一首歌，《温暖的法兰西》，十分优雅的男中音：

熟悉的回忆出现了，
我想起黑色的衬衫。
那时我还是学生，
去学校的路上，
我大声歌唱。
那是没有词的歌，
那是古老的歌。
温暖的法兰西，

是我童年的温柔乡，
将我轻轻地摇晃。
我把你藏在心里。
我的村庄有个钟楼房子，
还有与我同龄的孩子，
他们一起分享我的幸福。
我爱你，
这首诗献给你。
我爱你，
无论喜悦还是悲伤。

听到这首歌的时候，我的法国时光又回来了。我在葡萄园里摘葡萄的时光，我在第戎的街上被士兵吵醒的时光，我在巴黎流浪的时光，我在孤儿院里保护孩子的时光，萨尔佩特里医院的医生为我讲解什么是动荡综合症的时光，我与柏拉图先生在巴黎重逢的时光，我在父亲的墓地走来走去的时光……突然间，柏拉图先生的两个同伙出现了，他们还在斜视我，像饥饿的鬣狗那样斜视我。那个与我一起喝苦艾酒的流浪汉也出现了，他又给了我一瓶苦艾酒，与我举杯共饮。旁边坐着画家拿破仑，还有分给我苹果的小孩。最后，我走进孤儿院的厨房，点燃了一根橡木枝子，噼里啪啦，在黄色的火焰中，我翻开一本又一本让我迷惑、让我着迷的书……

我忽然觉得法国三百多年的历史在我身上缠绕着，让我不能呼吸，让我无法放弃。

一个炮弹在附近爆炸了，离我二十多米远，我被震得晕头转向。我刚刚恢复过来，又一个炮弹飞来。我听到空气被搅动的声音，然后赶紧滚到壕沟里。这一次，我活了下来，但我不知道什么时候会死。在战场上，最难预测的就是死亡，因为没有一个炮弹会告诉我它落在哪里，没有一个子弹会告诉我它射向哪里。

这可能是我最后的时光，我不能再耽误了。我走出深深的壕沟，向那个监视我的法国兵求助。他有些怀疑，但仍然给了我一支铅笔、一个本子。之后，我的生活变得极为简单，挖壕沟，不挖壕沟的时候写作，拼命地写作，不顾一切地写作。为了写作，我要吃很多饭，但我可以不睡觉。

我发现写作的力量真大。当我不顾一切、闷着头写的时候，那些法国兵不再将我看作死刑犯，他们甚至减少了我挖壕沟的时间。即使我在挖壕沟，他们也不再催我、骂我、蔑视我。于是，我节省了很多体力、很多心力，有时候我甚至能安静地躺一会儿。

每当这时候，我的一生会变成一部无声的电影，在我面前反复播放。我可以随时让电影停下，做些修补，或者反复观看。我看到了小时候的我——一个包在棉被里的婴儿，不会说话，不会走路，有一次从床上滚下来。突然间，我的父亲跑过去，将我从地上抱起来，不停地安慰我。他好像不会抱孩子，所以我仍旧嚎啕大哭，直到妈妈将我接过去，我才安静下来。我的父亲在旁边看着，搓着手，有些愧疚。

我用衣袖抹掉了泪水，然后将电影停下来、倒回去，反复地观看。我要看清我父亲的样子，我要看清他抱着我的样子，但看到的都是背影。

这时候，一个炮弹又呼啸着飞过来，在我身后爆炸，看管我的法国兵被震晕了。我赶紧将他抱起来，跑到医护区。所幸没有大碍，他一会儿醒了，问我还需不需要铅笔和本子。

我回到壕沟里，在一个可以躲藏的地方，开启了我的电影。我又看到了我的父亲，这是他最后一次出现，背着包，拥抱了妈妈，又去床上亲吻我，然后看着我，久久不动。之后，他推开门，快步离去，这是他最后的背影。这个背影消失之后，他再也没有出现。直到电影最后，我走到他的墓前，他才出现。

在这部电影里，外祖母经常在我的童年时代出现。她的身体活动不便，有时候对我发脾气，有时候对我不理不睬。我终于知道了原因，她不同意妈妈的婚事，因为我的父亲是个孤儿，而且比我妈妈小十几岁，但我又能怎么办?

当然，妈妈在这部电影里出现得最多。有时候，我在她身边，缠着她。有时候，她独自在屋里待着，偷偷地抹眼泪。有时候，她到外面工作，卖力地工作，头也不抬，从早干到晚，为了那点让我们活下来的面包。我想再次回到她身边，但我知道我做不到。

我还在不顾一切地写，没日没夜地写。写到一半的时候，我觉得它沉甸甸的，有时候会妨碍我挖壕沟。快写完的时候，我觉得它就是我的生命，或者说是我生命的延续。

我不知道我写了多少天，可能是十天，也可能是十二天，但我知道有多少个炮弹落到我的身边：落到三十米外的有十六个，落到二十米外的有八个，落到十米外的有三个。其中一个扬起的石头差点击碎我的脑袋，我缠着纱布继续写。

无论如何，我很快就写完了。我也不知道我为什么写得这么快，但我还是写完了，用掉四个本子、十五支铅笔。之后，我将这个稿子放在油纸包里，这样就不会被雨水浸湿，即使我被炸死，也不会被我的血弄脏。

完成这一切的时候，我看了看天。这是写作以来我第一次看天。明明是中午，太阳照在天上，但我发现天是红色的。

我问那个监视我的法国兵，为什么天是红色的?

他说我的眼睛布满了血丝，已经完全红了。

他带我去医务区。医生让我照了照镜子，我发现了一个奇异的我。以前，我几乎没有照过镜子，而当我照镜子的时候，我已经快三十岁了。我看到了我的眼睛，红红的，眼皮也肿了，一摸就疼。我又看到了我的脸，我可以确定这是五十岁的脸，而不是三十岁的脸。我又看了看我的头发，有些干枯，一片灰白。

之后，我将油纸包放在怀里，无论吃饭、睡觉，还是挖壕沟，就像照顾一个新生的孩子。空闲的时候，我会拿出来，做些修改，有时候像个精神病人一样跟它说话。

一天傍晚，炮火密集袭来，瞬间死了三十多人。炮袭之前，这些法国兵还在高谈阔论，但炮袭之后，他们的身体变得僵硬，残缺不全。我不知道我的身体什么时候会僵硬，会残缺不全，但我知道那个时刻一定会来，而且会来得很突然。

想到这里，我赶紧写了一张便签，放在油纸包里。如果我死在这里，一定会有人整理我的遗物。他看到油纸包的时候，一定会看到这张便签。这个稿子就能活下来，尽管它会像我一样，在这个世界上孤独地活着，但它是我的延续，也是很多被遗弃的人的延续。

这个想法很自私，但我不是故意的。我的确想活下来，但我不能决定我的命运，从出生开始，我就不能决定我的命运。所以，即使这个想法是自私的，谁又能责怪我呢?

我的妈妈不能责怪我，我的父亲不能责怪我，我的女朋友不能责怪我，我的审判官不能责怪我，所有认识我的人不能责怪我，这个时代更不能责怪我。我在这个时代出生，苟延残喘地活着，麻木不仁地活着。我经历得越多，感受到的痛苦越多，我就越是这个时代的审判者，尽管是一个受到审判的审判者，但我不会放弃我的审判权。

如果说这个世界上有我对不起的人，应该是那个被我开枪打死的人。如果这个稿子出版，我要向那个人道歉。他死在我的手里，死在一个被遗弃的人的手里。

孤儿院里的那几个人，柏拉图先生和他的同伙，他们一定想成为我的审判者，审判我的一切，消灭我的一切。他们不知道的是，我才是他们的审判者、法国精神的审判者、这个动荡时代的审判者。

但我不知道是谁制造了这个动荡的时代，所以我的审判就像兰斯周围那些没有名字的墓，没有人瞻仰，也没有人怀念。在里面安眠的人总觉得自己是为了一个伟大的事业而死，但他们不知道这个事业并不伟大，仅仅是动荡综合症的一次发作。

一个炮弹在我身边爆炸，离我足够近，我被震得浑身火热。我的手失去了感觉，但我还有力量将稿子装入油纸包，然后将油纸包放在我的怀里。我整理了一下纸签，确保有人看到油纸包的时候，一定能看到纸签。

这时候，红色的血从我的头上流下来，我感到全身麻木。这种麻木是突然间到来的，然后慢慢变成疼痛。这是一种血腥的疼痛。我不知道身体的哪个部分在流血，但我闻到了浓浓的血腥气。

趁着我还清醒，趁着我还能握起笔，我要赶紧写几句：

如果我死了，如果我还有资格获得一块墓地的话，一定要在我的墓碑上写一句话：“一个父亲在战场上死了，他的儿子也在战场上死了。这是他儿子的墓。”

写到这里，我觉得可以将头放到地上了。我闭上眼睛，在麻木与疼痛中感受着死亡将我包起来，像一个妈妈将新生的孩子包起来一样，用最柔软的被子。

我不知道如何活着，但我知道如何死去，尽管我在最后的时刻才知道这个道理，但谁都不能否认我知道了这个道理……

图书在版编目(CIP)数据

多余的人 ： 加缪《局外人》续篇 ／ 徐前进著．
上海 ： 上海三联书店，2025．1．-- ISBN 978-7-5426
-8789-0

Ⅰ．I247.5

中国国家版本馆 CIP 数据核字第 20242YT720 号

多余的人：加缪《局外人》续篇

著　　者／徐前进

责任编辑／殷亚平
装帧设计／徐　徐
监　　制／姚　军
责任校对／王凌霄

出版发行／上海三联书店
(200041)中国上海市静安区威海路 755 号 30 楼
邮　　箱／sdxsanlian@sina.com
联系电话／编辑部：021－22895517
发行部：021－22895559
印　　刷／上海惠敦印务科技有限公司

版　　次／2025 年 1 月第 1 版
印　　次／2025 年 1 月第 1 次印刷
开　　本／890 mm×1240 mm　1/32
字　　数／150 千字
印　　张／6.875
书　　号／ISBN 978－7－5426－8789－0/I・1919
定　　价／68.00 元

敬启读者，如发现本书有印装质量问题，请与印刷厂联系 13917066329